河出文庫

江戸へおかえりなさいませ

杉浦日向子

河出書房新社

江戸へおかえりなさいませ◉目次

Ⅲ　びいどろ娘　105

Ⅳ　江戸「風流」絵巻　149

江戸へおかえりなさいませ

ポキポキ

木犀が甘く香る夜
旧友の侘住をたずねた。

？
スゥ
！

エイッ
ビシャン

また来たなッ。
早う失せろッ。

相変わらずの硬骨漢だ。
ああせねば部屋へも入るし、床を敷けばその上まであがってくる。

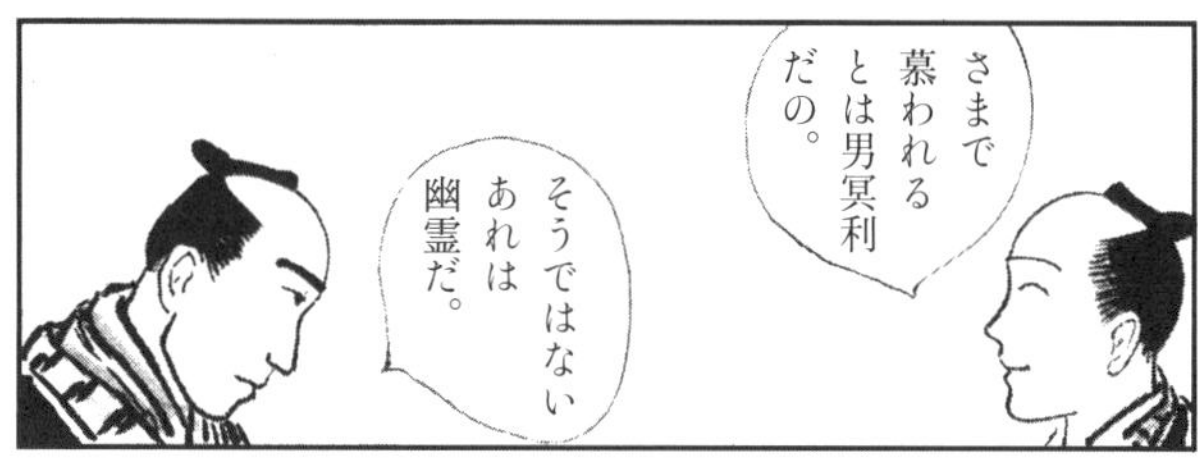
さまで
慕われる
とは男冥利
だの。
そうではない
あれは
幽霊だ。

えッ
それで
お前は
平気なのか。

気味悪く
思わん事
もないが
モウ
慣れた。

ああ俺は
酔がすっかり
醒めてしまったよ。
ポキッ
ポキ

——何
だろう。
ポキポキッ
ポキリ
幽霊が
庭の木犀の枝を
毎晩少しずつ
折っているのだ。

たぶん、

あれは、あれの、気のすむまで小枝を折るだけサ。

ポキッ

ポキ

ポキ

ポキッ

翌朝、幽霊の折った花を踏みながら、
可笑しいような、少し、淋しいような気がした。

木犀は、やがて
枝を折りつくされて
枯れてしまったが、それきり
幽霊は出なくなったという。
或いは、余所（よそ）で折っているのかもしれない。

Ⅰ　江戸のくらしとみち

『なんとなく好きな話』と『なんとなく好きな日常』

　むかしむかし、美濃国のある川辺に、いつも石を枕にして、寝ている仙人が、おったそうです。ずいぶん長いこと、飲み食いもしないのに、体はあったかで、源重実という武士が狩をしていて、たまたま側を通りかかり、弓で腹を押してみたら、やわらかだったということです。「弓で腹を」というあたりが、いいと思います。

　また、むかしの中国に、修羊公という仙人がおったそうです。この仙人は、術を使うという触れこみで、漢の皇帝に召し抱えられたのに、何年たっても、ちっとも術を見せなかったのだそうです。たまりかねた皇帝が、催促すると、たちまち寝台の上で、白い石の羊になってしまったといいます。羊の脇腹のところには「修羊公天子に謝す」と書かれてあったそうです。いいと思います。好きです。

　わたしの田舎の家に、どこのだれやらが描いた「寒山拾得（かんざんじっとく）」のかけじくがありました。乞食のような二人が（これは坊さんだそうです）たき火にあたっている絵で、ひとりは巻きものを持ってしゃがんでいて、ひとりは竹ほうきを持って立ってそれをのぞきこんでいる柄です。こどものような、じじいのような、へんな顔でにんまり笑っていて、髪はぼうぼう、着物はでれでれ、へそを出していました。乞食のようだけれど「実は大した坊さん」なのだと、祖父が説明しました。

ずっとあとになって、学校の教科書で鷗外の「寒山拾得」を読みましたが、授業でどんなふうに教わったか、覚えていません。けれど、へんな顔でにんまりしている二人は、おもしろいと思います。「なんか知らんが、じつは、えらいそうだ」というのも、なかなかです。

へんな顔で、坊さんで、しかも三人そろって呵々大笑している「虎渓三笑」も、やっぱり、おもしろいと思います。山奥に住む坊さんが、虎渓というトラの出る谷を渡るまいと誓ったけれども、友だち二人の帰りを送りながら、あれやこれやしゃべっているうち、虎渓を過ぎてしまい、三人で顔見あわせてゲラゲラ笑ったというだけの話で、好きです。

へんな坊さんとか仙人とかいうのは、おもしろいと思います。うらやましいです。

以上は、「なんとなく好きな話」ですが、つぎは、「なんとなく好きな日常」を書きます。

このごろは、セントーが好きです。ちゃりんこで半径五㎞くらいの、セントーを、ローテーションしています。明るいうちに、昼四時ごろ入ると、なんとなく、いい感じです。今、セントーは二百五十円です。ためしてみて下さい。

打ち合せなどで、どこか出た時に、ふとその土地のセントーを見つけると、そわそわした気持になります。編集者と別れて、帰りに寄ってしまう事もあります。タオルなんかは、セントーの中で、二百円か、二百五十円であるし、せっけんも、五十円前後なので、五百円くらいで、すみます。出先で「ゆ」ののれんを見たら、ためしてみて下さい。

それから、たまに、日の出を見ます。その時間まで起きていて、ついでに見ることが、ほとんどですが、目ざましをかけて、わざわざ見ることもあります。その場合、NHKのラジオの天気予報で、日の出時間を聴いておくと便利です。

毎日、日の出かたが、ちがうので、少し、おもしろいです。雲のかんじが、きめ手のように思います。わたしの家（ちっこいマンションのちっこい一室ですが）の場合、非常階段が東側なので、そこから見るのが、いちばんです。

それから、夜、屋上で、涼んだりします。過去五年間で二回「光りもの」を見ました。一回目は、南の空にばかでかいオレンジの星があるなあと、しばらく見ていると横に長く白くなって、あっという間に筑波山のほうへ飛んで行きました。二回目は、筑波のほうから東へ白い光が、中野上空で飛び二つに別れて別々に飛び去りました。

一回目はとても大きく、二回目はとても小さかったです。えたいの知れないあたりが、ちょっといいです。

へんな話ですが、このごろゴキブリを見ません。見つからないように、うまく生活してるのかもしれませんが、家の中に居ません。たまに、外の自転車置き場のあたりを、とぼとぼ歩いていたりして、そういう時は、一撃はたやすいのですが、なんだかフェアじゃないようで、後姿を見送ってしまいます。キャベツ畑の脇を歩いているのを見たこともあるので、この辺のゴキブリは野外で暮してんじゃないかと思うくらいです。外で見るゴキブリは、あまり憎々しくなくて、まっとーな感じがします。歳時記の夏の句の中に

たたかれて　ゆがみ走りや　油虫　　虹橋

というのがありました。なんとなく好きです。では、さようなら。

江戸のカカア天下

「亭主と座布団は、尻の下に敷いてこそ価値がある」

江戸のカカアは、そう豪語した。

えっ、なにそれ、聞いてないョ。江戸時代って、「女三界に家なし」、男尊女卑の暗黒時代じゃなかったの？　ちゃう、ちゃう、ちゃう。

カカアは、我が家のお天道さん、カカア曇れば、家の中ジメジメ。カカさん大事、ご機嫌よろしゅうたのみます、が、江戸の大勢。

男尊女卑は、戦国乱世、富国強兵の非常時のみの論理。四海波静かなる江戸の世では、剣や銃よりも、カカアのおっぱいの方がエラかった。

江戸のころ、こどもたちに、父母のありがたさを諭すため、こんなたとえを用いた。「父」と言うときには、唇をキュッと引き締め、歯と歯を合わせなくては、「ちち」と発音出来ない。「母」と言うときには、唇を柔らかく開き、ホワッと暖かい息を吐かなくては、「はは」と発音出来ない。だから、人と産まれて、父からは、強い筋と硬い骨（キュッ）を授かり、母からは、暖かい血と軟らかい肉（ホワッ）を授かるのである、と。

戦いに必要なのは強靭なる筋骨だが、家族をまあるく抱きしめる血肉のもとに、平和が産まれ育つ。カカアあっての、大江戸の泰平であった。

カカアは、「大明神」、「山の神」と称された。いずれ、人智の及ばぬ強大なる力を有するものであった。カカアとは、便利に使うものにはあらじ、床の間に飾って拝む対象、招き猫の置物の類いと思うべし。

カカアを、おろそかにする不届きな輩には、天罰たちどころと信じられた。夫婦喧嘩をしようものなら、仲裁人が飛び込んで、訳も聞かず頭ごなしに亭主を叱り飛ばした。いわく、「こんべらばあ、福の神に不景気な顔をさせやがるたあ、ふてえ野郎だ、にこにこさせてりゃお家安泰よ」。

にこにこカカアが亭主を包む。これぞ夫婦円満の極意ではないか。

屁の突っ張りにもならぬアンニュイ考

「うーむ」「松兄ィ、どうしたィ、厠(かわや)へ財布でも落っことしたか」「イヤ、わからねえ事があってな」「何です一口乗りやしょう」「トメ、お前アンニュイを知ってるか」「何を腕組みして唸ってるかと思やァ、そんな事ですかい。ハハ、なぁんだてえ、おめえ知ってるのか」「知ってるも何も…、ガキの時分にゃずい分馴染んだもんで」「どんなもんだ」「どんなものって、アンニュイと言うくらいで、アン、ニュイッとなってるんですな」「だからその、アンニュイてえのは、どういうものなんだ」「どうって、そりゃ、いろいろあるんですよ。兄ィは人は好いがくどいからいけねえよ。アンニュイてえと、つまりこの、こういうふうに、まあるくなってる奴があるかと思うとコノ三角の奴があるかと思うと四角の…」「ばかなことを言うな」「オヤ、二人で内緒の遊びの相談だね。仲間に入れてくんな」「タケか」「タケなんぞにわかるめえ」「いや、この野郎は暇ァみちゃあ活動小屋ィ入りびたって、ヤレ寅さんだスピルバーグだと騒いでいやすから、存外つまらぬ事も知ってやすぜ」「えッえッ何です一体」「知るめえヨ」「ま、ためしにチョッと言ってみて下せえヨ、ネ、教えてくれなきゃこそぐるヨ」「よせやい。タケ、おめえアンニュイを知ってるか」「アア、惜しいなァ、それぁまだ食ってねえ」「ヤ、熊公だ」「よせよせ」「でも野郎、マメに遊ぶ奴で顔も広いから何かわかるかも…」「何だ、不景気な雁首並べて、また金の無心か貧乏人め」「おめえの顔の広いとこで、物を尋ねてえんだが」「大の男が三人も揃ってわからねえ事があるだと。おえねえベラボウだ。何だ言ってみろ」「ソウ威張る事もあるめえ。アンニュイを知ってるか」「フン、それだからおめえたちァ女にモテねえのヨ。アンニュイたあきさまらの事だ。よく覚えとけ」「へえッ」「だからヨ、わけのわからねえ野郎の事だてえン」「そりゃもしかしてアンニャモンニャの事じゃねえか」「オウヨ、アンニャモンニャの従弟（いとこ）がアンニュイ…」「駄目だ、こらァ」「ところで松兄ィはどこからその言葉を仕入れたんです」「横丁の変物（へんぶつ）ヨ」「ヘッ、世の中にあれくらい嫌な野郎はないね。男だか女だかわからねえ、でれでれでれでれしやがって、こんなとッから声を出しやがって、薄気味の悪い嫌な奴。俺ァあいつと塩辛ァ嫌いだよ」「マァ聞きねえ。小網町に清元の女師匠がいると思いねえ。年の頃は二十五、六、渋皮のむけた、柳腰の、色の白い、小股の切れ上ったたい～い女だ」「うん、うん」「その女が夕暮れ時に、長火鉢へコウもたれかかってョ細身の煙管（きせる）を重たそうに持って、膝から三尺先の畳を見るともなく見て、ため息と一緒にホウッと煙を吐くんだな」「うん、うん」「それを垣根越しに見ていた例の変物の若旦那が『アンニュイだなァ』と一言…」「へえ、するってえと、アンニュイてえのはいい女の事じゃねえかな」「俺もソウ思うんだが、はっきりちゃんとはわからねぇんだ」「いい女の事なら知りてえなあ」「やっぱり裏のでこぼこに聞くしかあるめえ」「裏の米屋の隠居のでこぼこか。あの糞ったれ爺ィ、ふだん大きな面をして先の戦争の話ばかりしやがるが化けるほど生きてるだけに物知りだ。ひとつあいつをおだてて聞いてみよう」「こんちは、エエご免くださいまし」「はい、どなた…オヤこれは珍しいね、誰かと思ったら松さんかい、さあこっちへ…おや一人かと思ったら町内の色男がお揃いですな」「おだてようと思ったら先におだてられちまったィ」「何です何かご用かえ」「ご用もなくってこんな薄ぎたねえとこへ来やしねえ」「よさねえか。いえね、ひとつ物をうかがいてえんで…聞くは一時の恥、聞かぬは末代の恥という事がありやすから…」「それは感心。しかしわしも昔者で、今の書生さんの丸文字だのプッツンだのはわからないけれども、マァ大抵な事なら…で、何だい」「へえ、アンニュイてえものを知りたいので」「はは、異国の言葉じゃな。これは不得手じゃ、いやソウがっかりしなさんな。ここに『広辞苑・机上版』がある。これに簡潔で気の利いた解があったりして重宝するものじゃ。しかし、わしは自慢じゃないが、この年になるけれども眼鏡なしでこれくらいはどうにかこうにか読める…エエト、アンドロゲン…アンニュイ、あったぞ、思った通りフランス語じゃな、『退屈、倦怠』とある」「なあんだ、つまらねえ」。

＊

「旗本アンニュイ男」なんてえと、早乙女主水がネグリジェを着て出て来そうだ。「疲労アンニュイにリポビタンD」というのも納豆で顔を洗うようだ。

　二千一年には私は四十二歳だ。今はコ、バサンだが四十代なら堂々たるオ、バサンだ。二十一世紀のオバサンに向って日々研鑽している身にとって退屈も倦怠も用はない。おとつい来やがれ、ほっといてチョンマゲ。

〝本物〟を味わう極上の愉しみ　太田記念美術館

私は蕎麦が好きで、日に一度はたぐらねば寝付きが悪い。品書きは「もり」のみの頑固一徹な店から、カレー南蛮、親子丼はおろか、ラーメン、チャンポンまである無節操な店まで、「蕎麦食いに行こう」と誘われれば、二つ返事でどこへでも出掛ける。深山の名人の蕎麦に唸ったり、老舗のつゆに感心したりしても、足繁く通う蕎麦屋というのは、おのずと定まって来るもので、そういう店は、人の薦めるどんな名店よりも勝手が好い。肌身に馴染んだ紬(つむぎ)の風情だ。味は良いに越した事はないが、結局、蕎麦を食いに「蕎麦屋へ行く」事が愉しみなのであって、出された中身だけじゃなく、姐さんの応対や、店の造作、客層、町並み、すべてを引っくるめて、たぐり込む訳である。「蕎麦がうまい」店では駄目で、蕎麦を「うまく食わせる店」がウマイのだ。そういう店に、人を引っ張って行くと、それまで、それほど蕎麦に興味がなかった手合いでも、たいてい蕎麦が好きになる。

何の話だ。そう、浮世絵の話。つまり、浮世絵は蕎麦なんだ、と、ある午後、蕎麦をたぐりながら悟ったのである。昨今の食文化蘊蓄ブームのお鉢が、蕎麦にも回って来て、名店のもり蕎麦の勇姿を、ワイドなカラーグラビア写真で次々紹介する企画をそちこちで目にする。蕎麦ッ食いなら、一瞥して「ああ、あすこのおやっさんのシゴトだな」などと、口はばったいセリフも吐けるし、それなりに、うまそうに感じる事も出来るが、普段から蕎麦をまじまじと見た事もない、あまり蕎麦に親しくない人や、あるいは、蕎麦を一度も食べた事のない異文化圏の人が、イキナリこれを見て、どの蕎麦が、どう、うまそうなのか、分かり得るものだろうか、と思った。見開きいっぱいにうねる蕎麦は、どれも、一様に、麵状（当たり前だが）で、形や色に取り立てて差異はない。写真や文献の上の蕎麦をいくら眺めたところで、様々な個性をたぐる愉しみは喚起されない。

すなわち、蕎麦は、まず蕎麦屋へ行って食べろ、浮世絵は、まず浮世絵の状態で（浮世絵の手法で製作されたものを）見ろ、と言いたいのである。

蕎麦屋へ行って、そこの手打ち蕎麦を食べるのと、家で、機械製の乾麵を茹でて食べるのとでは、蕎麦を食べる事には変わりないように見えるが、意味がまるで違うのだ。蕎麦屋でたぐる蕎麦は、本来、腹ふさぎに食べるのではなく、コーヒーや煙草と同様の、一服の気分転換である。対して、家でこしらえる蕎麦は、生命維持のエネルギー補給という、身も蓋もない採餌である。前者が創造的趣味で、後者が消費的生活。こんなにもかけ離れている。

浮世絵を見る事と、浮世絵の写真製版を見る事では、やはり、意味が違って来る。実際の浮世絵に鼻先を近付けなければ、和紙の毛羽立ちや、刷りのでこぼこのあわいから溢れ出す、饒舌なささやきに浴する愉しみは味わえない。画集から得られるのは知識だ。前者は悦楽で、後者は学習。

画集や、粗悪な複製で、何度も見慣れている冨岳三十六景を、初めて直に目の当たりにした時の驚きは、忘れられない。今まで知っていた冨岳三十六景が「マルちゃんの緑のたぬき」なら、木版のそれは「かんだ藪の天ぷらそば」であった。とりあえず空腹をしのぐ関係と、向き合って豊かなひとときを醸し出す関係。野暮と粋。一体これを、同じものと思って良いのだろうか。

いい浮世絵を愉しみたい向きには、いつだって原宿を薦める。太田記念美術館。取って置きの「好い店」だ。表通りから一歩入る閑静な町並みも、館内の雰囲気も、目を細めて見入る客の満足気な表情も、申し分ない「趣味」の薫りに包まれている。収蔵品の質の高さはもちろんだが、浮世絵を飛び切りウマク見せてくれる。ここに連れて行けば、それまで、それほど浮世絵に興味がなかった手合いでも、たいてい浮世絵が好きになる事は言うまでもない。

日本橋　江戸っ子の道

「お江戸日本橋」。あたまに、「お」をつける都市は、他にない。「お京都」や「お浪速」といわない。「大江戸」とも冠する。これも同様「大京都」「大浪速」では妙だ。

ともあれ、その、お江戸、大江戸の、真ん真ん中が、日本橋であり、そここそが、名だたる我が国の街道の起点の地なのである。

てやんでい。おんぎゃあと、江戸っ子と産まれ落ちたからにゃあ、水道の水で産湯をつかい、金のしゃっちょこ（シャチホコの江戸訛り）を横目ににらみ、日本橋の真ん中で育った、生え抜きのこの身よ。襟垢のつかねえ布子を着、下駄は柾目のおろしたて、頭はいなせな小ぶり髷（まげ）。どっこを斬っても、まっ赤っ赤、正真正銘の、外れなしだ。

なんぞという、他愛もない啖呵がある。いくら、のどかな江戸時代だとて、橋の真ん中で、子供が育つわけがないが、それほどに、日本橋が江戸繁華の象徴（驕り）として、とらえられていたのかがわかる。

日本橋にないもの、「初雪」。しじゅうひっきりなしに、人馬が往来する橋上には、雪の降り積む間もない。橋下では、荷を満載した船が大渋滞、まさしく、今の立体交差の首都高速道路と都道路並の賑わいを呈していた。

初めて地方から出てきたひとは、渡るのも困難な、渋谷のスクランブル交差点状態の中で、橋の両端にムシロを敷いて、小間物や雪駄、鼻緒直しの商人もいて、さながら表参道の路上手作りアクセサリー屋のようだ。

橋の南西詰には、高札場（幕府の公示告知板）があり、市民としての良識的心得と、日本橋から次の宿駅までの駄賃（運送費）などが掲げてある。心得は、「家族仲良く、弱者には親切に、仕事に励み、博奕喧嘩はせぬこと。偽物、大袈裟、紛らわしい商品を、売買せぬこと」と、じつにもっともらしい。

風向きによっては潮の香りがする。東に江戸湊、西に江戸城、南に富士山、北に上野寛永寺、奥に浅草寺。日本橋から室町、駿河町に続く一帯には、白木屋、三井越後屋等の堂々たる瓦屋根の大店が軒を連ね、「吉原や芝居小屋」、「魚河岸」も間近だった。

さすがに吉原と芝居小屋は、風紀上の差し障りから、郊外に移転を余儀なくされたが、魚河岸だけは、大正大震災まで存続した。日に三千両の金が落ちるのは、この三カ所だけだった。一両強で家族四人が、ひと月暮らせる時代の、いち日各三千両とは、いかに。

江戸後期には、江戸都市部の人口は百万人を越え、同時代の、パリ、ロンドンをはるかにしのぐ、世界一のメガロポリスだった。

この、巨大な胃袋、及び生活必需品を賄うのは、容易なことではない。魚河岸ひとつとっても、遠江、伊豆、相模、安房、上総、下総から、多種多量の魚が、朝夕絶え間なく荷揚げされている。渋谷、原宿、青山などは、江戸への一大青物供給地だった。そして、北関東を中心とする、陸路水路を駆使し、近郊の豊富な食材、水、燃料、資材、労働力を確保。東海道、中山道からは、おもに上物の加工食品や高級雑貨の「下りもの」がきた。これらの交通網の整備なしに、超過密都市江戸での、安穏な日々は成り立たなかった。

大量に消費される物資は、水路の方が、ずっと効率が良かったし、豊かな生活を彩る希少品は、陸路の手渡しに意義を見た。物流の水、情報の路。情けを報せる路が、日本橋を目指し、日本橋から全国へと経巡る。お江戸日本橋は、日本のリボンの結び目だった。

格子

タテの線、木立、滝、岩山、塔。清々しく凜としている。ヨコの線、さざ波、霞雲、大河、道。悠然と広がっている。

格子文様は、複数のタテの線、ヨコの線が直角に交わって出来る模様で、線が隣から隣へ並ぶ縞に次いで、基本的な幾何学図形である。縞が、往々にして、空を切る矢のように、落下する水のように、一方向への、ご意見無用の清烈さを誇示するのに比べて、格子にはワキ道がある分、まあええやないかの鷹揚さが感じられる。

円が、精神世界の真理を象徴する図形であるように、格子は、現世の調和と混沌を、最も単純にあらわす文様なのではないか。京都の、ある禅寺の窓を思い出す。中庭に面した、その二つの窓は、一方が円窓で「悟りの窓」、もう一方が方窓で「迷いの窓」と名付けられていた。迷い多きは人の世の常、共に語らん、また愉しからずや、まあええやないか。

格子文様は、素朴なだけに、世界中どこにでもある。それでも、そこには、各々の民族の思い入れが、それぞれによろしくある。私達の場合なら、障子の桟、和紙に映った木漏れ日。黒く煤けた格天井、いろり端の昔語り。田の畦、夕焼け、子等の唄声。平成の東京には、およそ縁のない遠い光景だが、風土の記憶は、血の中に引き継がれ「郷愁」と呼ぶ甘やかな感傷を掻き立てる。

江戸ッ子好みの着物に、縞、格子、小紋がある。縞は色っぽく、小紋は艶っぽい。格子は多彩かつ寡黙だ。縞が色っぽいのは、線が肉の丸みを強調するからで、小紋が艶っぽいのは、小さな柄が、ささやく如く体表にまとわりつくからだ。格子は、直交する線が強くぶつかり合う時に多彩で、互いが相殺し合う時に寡黙だ。

タテ糸とヨコ糸を組み合わせて布を織る。着衣に於ける格子文様は、織るという作業に即した天然の図柄であろう。そして、音楽のように多彩に、風景のように寡黙に、格子は自ずから織り上がって行くのである。

渦巻

空転する国会、渦巻く疑惑。国会は今、鯉登りの棹の先の矢車のように、カラカラと回っているそうだ。そして、収賄事件で身辺慌ただしい、限りなく黒に近い灰色高官の背景には、疑惑が渦巻いている。どちらも華やかな「渦巻文様」に彩られている。

そして、めくるめく恋も、メリーゴーランドのような「渦巻運動」をする。

鴨長明の「方丈記」の一節、「よどみに浮かぶうたかたはかつ消えかつ結び」の「よどみ」にも、緩慢な渦が幾つも生じ、「うたかた」が消えた後には、指紋のように小さな同心円が一瞬現れるだろう。

渦を巻くもの、水と空気。どちらも定形を持たない。我々のような、肉体に封じ込められている生き物にとっては、取り付く島のない、捕らえ難い存在となっている。「渦巻」の極致は、科学図鑑などで折々目にする、宇宙空間の星雲だ。これはもう、途方もないスケールの、呆れる程の「渦巻」である。

渦巻は内から外へ向かうのか、外から内へ向かうのか。風や水で見る限り、外から内へのようだ。渦巻の線の始まりは、確とは分からない。それ以上に、内側に向かう線は、どこまで続くのか、これは中心部を目指して、際限なく渦巻き続けているに違いない。

渦巻を見ていると、吸い込まれるような幻惑感に襲われる。この世には、始めもなければ終わりもなし、という説法が、文様から聞こえて来そうだ。

渦を巻くもの。水、空気、恋、疑惑、宇宙…。これらに共通するのは「不可知」のとりとめのなさである。不可知の存在に直面してしまった私達は、見合いの席のオボコ娘のように、目を合わせられず、差し俯いて、畳のうえに、ひたすら「のの字」を指擦り切れる程、なぞるだろう。

渦巻文様を身にまとう時は、それこそ、体一面に経文を書き込んだ、「耳無し芳一」と同じ位の呪力を期待しても良さそうだ。

一夜明ければ

もういくつ寝ると、と正月を心待ちにしていたのは、お年玉の貰える年頃迄だったろう。旨いアテがなければ、一夜明けたからといって、何の張り合いがあるものか。昨日の続きの今日があるだけで、いつもと違うのは、部屋の壁に、真新しいカレンダーがぶら下がっていること位である。コウ言ってしまえば、身も蓋もない、マコト可愛気ない憎まれ口だが、お年玉を値踏みしている子供等だって、十分可愛くはない。

それでも、休日の前の晩が、休日そのものより楽しいように、正月前の年末風景は好きだ。クリスマスから大晦日にかけての、街中が昇り詰めて行く一週間、あの騒々しい慌ただしさが、土壇場に来てスパッと開き直る過程が痛快だ。じたばたしたとて今年は終まいじゃ、えい、どうともせい、ざまあみろ。

地響きを立てて勇ましく駆けずり回った一週間が過ぎると、気恥ずかしい程バカげて晴れがましい正月になる。掘り立ての強烈な土の匂いのする、ターザンみたいな泥まみれの里芋が、洗われ漂白されノッペラボーの色白になって、柚子のかけらを頭に載せて、蓋付きの塗り椀に鎮座ましましているようなものである。かほど、正月は、間が抜けている。

めでたさもちうくらいなりおらが春

この「中位」というのが肝心だ。江戸の正月は地味である。大つごもり、ツケの清算に煮えくり返って、カラリ呆けた正月になるのは一緒だが、どこもかしこもひっそりとしている。前夜の骨休めで昼迄寝坊して、小松菜が浮く澄まし汁の雑煮をすすり、日の差し込む南側の障子を開けて、晴れた空を眩しく見上げる。往来は、上役へ年始の侍と、元気が余っている子供等ばかり。茶の間では、家族が顔を見合わせて、互いの息災を確認するなんてのは、しみじみと目出度くて良い。

さて、今年、自粛ムードの正月ではからずも、江戸の「中位」の風情を多少は味わえるかもしれない。

化物繁盛記

なにはともあれ、天変地異の世の中である。冷夏暖冬、旱魃豪雨などの異常気象が「天変」、今真っ盛りの伊豆沖地震、地殻変動が「地異」と来たもんだ。天と地が、とりあえずパンとして、間に挟まっている具の部分が、いわゆる人間世界に相当する。このところ、のべつ周りの変と異ばかりを大変がっているけれど、どっこい、中身の具の方だってけっこう大変なんである。マトモな人間が、一生の内にマトモに稼げる金額は、二億円位だそうだ。それも、飲まず食わず遊ばずでの額だから、大抵は、飲んで食って遊んで、そしてわずかな残りを、住んで育ててギョメイギョジ、チーン、で、使い切ってしまうそうである。その、一生の稼ぎ高と同じ位のお金を、竹ヤブの中にポンと「置いて」きちゃったり、ウッカリ忘れてゴミと間違って「捨てて」しまったりしちゃうヤツがいるのだ。マトモな人間ではあるまいというのが世間の見方で、「人間」でないとすると、ヤツラは「化物」ということになる。これで、やっと、三拍子揃って、「天変地異人化」の三位一体のサンドイッチが出来上がる。

怪異譚とも説話ともつかない昔話の中に「狼の眉毛」というのがある。商売をやれば騙されて損ばかり、女房もブタを引いて、毎日罵られてばかりいる。何の役にも立たないオレだから、せめて、飢えた狼の餌になって、そしてこのクズみたいな一生をお仕舞にしよう、と決心したダメ男、狼の巣穴に忍び込んで横になって運命を待っている。やがて、虎のような威容の狼が帰り、男を一瞥して曰く「ナンダ、真人間か。とっとと帰れ」。男、困惑して「どうでも帰れないから食ってくれ」「今日は真人間なんか食いたくもない。これをやるから出てけ」と眉毛を一筋くれた。「腹の足しにはなるまいが、帰って、それをかざして世間を見てみろ。退屈しのぎ位にはなる」。仕方がないから、とぼとぼ家に帰って「どこほっつき歩いていたんだよ」と罵声を浴びせる女房を、眉毛かざして見てみたら、鶏の化物だった。「こんな奴とはうまくやれなくても当たり前だなあ」と、妙に納得して、その晩は良く眠れた。翌朝、町に出て、往来を眺めて見れば、蛙や蛇や馬や牛や犬や猫や鼠や狐や狸の化物ばかりで、一人として真人間はいなかった。「こんな世間じゃ出世出来なくても当り前だ」。ある夕暮れ、ぼんやり表を見ていたら、痩せて汚い女乞食が通った。ふと、眉毛をかざすと、その女は真人間のままだった。男は、家を飛び出して、直ちにその女乞食と手に手を取って駆け落ちした。という話。

かくばかり目出度く見ゆる世の中は化物ばかり繁盛するかな。世間には、どうやら、真人間と、真人間に化けている化物と、化物に化けている真人間と、真の化物の四種類の「人間」が棲息しているらしい。とは言え、誰もが、自分がどれなのかが分からないんだから、恐れるには及ばないんだけれども。

旅ふたたび

子供の頃から出無精で、旅にはついぞ縁がない。

二十代の後半まで、旅らしきものは、修学旅行で京都に行ったきり。海と言えば江ノ島、山と言えば高尾山より他に見たことなし。

思えば、代々出無精らしい。家族旅行なんぞも経験なし。お正月には、近所の氏神様へ初詣で。三ガ日は、家でテレビを見ながら寝正月。お盆には、縁側で線香花火、花ゴザでスイカ、蚊屋でクロール。いつも、そんな休みの日々だった。

旅はとにかく大変だ。まず、どこに行くかを決めなきゃならない。窓口で、切符を買わなきゃならない。それでもって、電話して、宿も予約しなけりゃならない。それから、鞄に荷物を詰めなけりゃならない。それよりもなによりも、仕事を追い込んで、旅に出掛けられるだけの、暇をこしらえなくちゃならない。

旅はほんとうに大変だ。行く先が決まらない。レストランのメニューが豊富だと、どれにしていいか分からなくなる。それに、窓口が嫌いだ。役所も、宝くじ売り場も、郵便局も、窓口に立つと、いすくんでギクシャクする。電話も大嫌いだ。受けるのも嫌だが、かけるのはもっと嫌だ。整理整頓も苦手だ。物を詰め込むのも下手だ。そして、なにより、仕事がのろい。早くしよう、急がなければと焦るほど、のろさを増して行く。

だから、旅はつくづく大変だ。それでも、友人知人から、様々に励まされ、そそのかされ、乗せられて、幾多の難関を突破して、ここ、二、三年、ぽつぽつと旅をし始めた。家に着くなり「あーくたびれた。こんなことなら、家で仕事やってた方がマシだった」。旅の回数は、未だ十指に充たない。オタノシミは、これからだ（タブン）。

鴻山の侘び住まい

今年になって行った所では、小布施（おぶせ）が心に残る。

小布施、栗の里。ちいさな、きれいな、あいらしい、しっとりとした町で、井上陽水の「小春叔母さん」のような町だ。

町で一番有名なのは「北斎館」。北斎の肉筆画や祭屋台が展示されている、静かな美術館だ。

バスガイドの研修生の団体が、後から入って来た。「何？　なにボクサイ？」「カッシカ、カツシカホクサイだって」「え、マツシマモクザイ?」。こんなことをささやきながら、二十秒程で、一回りして出て行った。一回り、その位の広さだ。「松島木材」、いい地口（江戸の駄洒落）だと思った。

向かいに「高井鴻山記念館」がある。北斎は、ここ小布施に、延べ三年間程滞在している。その折世話をしたのが、北信濃きっての豪商であり、知識人だった高井鴻山である。記念館は、鴻山の隠居所で、質素な侘び住まいだ。

当時のままの座敷に上がり込んで、風に吹かれていると、東京のことも、仕事のことも、蝶のようにヒラヒラ遠のいて行く。北斎が寄宿したという茶室が素晴らしい。「ここ貰って住んじゃうもん。ぜったいあた～し住んじゃおう」と本気で思った。蔵に書画（数々の妖怪画が圧巻）が展示されている。

近くの岩松院には、北斎の大天井画がある。栗の渋皮色の里には、不似合いな程、ギンギンに豪華絢爛な鳳凰図で、これを、本堂に仰向けに寝転がって見る。真上から、巨鳥（ラドン）が覆いかぶさって来る。

「日本のあかり博物館」なんてのもある。かわいい博物館で、学芸員の人が、展示物について、丁寧に説明してくれる。

栗菓子と栗強飯食べて、各展示館を巡っても、半日あれば事足りる。

栗とりんごの果樹園。エノキダケやアスパラガスの栽培小屋。幾つかの小さな展示館。旧街道沿いに、ちんまり並ぶ渋皮色の家屋敷。

それだけの町。凄い物、驚く物は何もない。

それでも、締め切りに追われる夜中の仕事場で、ふと、思い出すのは、小布施の町だ。

江戸のくらしとみち

「江戸」の上と下に「入」と「口」という字をつけると、町としての江戸の地形が見えてきます。「入り江の戸口」、つまり内海（湾）を抱え込む様に展開している町という意味です。この場合の江戸は、時代区分ではなく、地名そのものとなります。

時代背景

時代区分の江戸は一口に「大江戸三百年」と申しますが、吉宗から化政期の、十一代将軍家斉まで、その三代の間が江戸の町が最も充実しておもしろくなってきます。このおよそ七十年間に生まれたのが、江戸歌舞伎、江戸大相撲、江戸戯作（大衆文学）、落語、江戸小唄、端唄、歌舞音曲、江戸川柳、狂歌、浮世絵。私たちが思いつく、江戸の文化だなと思えるものがこの期間に次々に生まれました。「江戸前」という言葉もこの時代に生まれました。

三百年間の前半は、江戸の町の基礎づくりで、文化を育むゆとりがなかったわけなのです。元禄時代に華やかだったのは江戸ではなく上方でした。京都、大阪、この二大都市が日本全体の文化のイニシアチブを独占しており、元禄期の江戸は坂東の片田舎でしかなく、上方から入ってくる文化のすべてをありがたがってせっせとコピーしていました。「下りものにあらずば、よいものではない」と言われました。そして吉宗以降から化政期に至るあたりで、ようやく都市としての自覚も出てきて、自分たちの本当に欲する文化を自らの手でつくり上げていこうという気運が芽生えてくるのです。そして江戸らしい町並み、江戸らしい暮らしが確立、やっと江戸のオリジナルが登場してきます。

江戸では人口の約半数が武士、その残りが一般の町人ということになりますが、町人のうちのほとんどは地方から江戸に稼ぎに出てきている人々です。根っからの地元っ子というのは全体の五％にすぎなかった。今の東京と似たパーセンテージかと思います。全国各地から人が流入してきて、新しい町づくりをしようという活気に満ちたエキサイティングな町が、江戸だったのです。

江戸の文化

それまで日本をリードしてきた京都や大阪は江戸よりずっと古い都です。京都などは千年もの王城の地、江戸はまだ生まれたばっかりの新興都市ということで、だいぶ気質が違います。京都は王朝文化で、大阪は豪商の文化。どちらも特権階級が文化を独占していました。江戸はその逆という世界的にも希有なタイプの文化の伝播の仕方をしました。つまり江戸にきてやっと庶民の時代が到来したということが言えます。歌舞伎、寄席、相撲、浮世絵、俳句、川柳、音曲舞踊、そして和食の代表格、てんぷら、すし、ウナギ、そしてそば、それらは江戸前の四天王と言われ、すべて庶民の創造物でした。庶民の側からの要求、要望が具体化し、しかも文化にまで昇華した、本当にまれなケースです。

京都は貴族が、そして大阪は豪商がトップにいた。江戸でトップにいたのはもちろん武士ですが、武士が表立って庶民階級の文化に口出しをする場面はなく、武士の社会と庶民の社会というきっちりと分かれた二層の社会というイメージをもっていただいた方がいいでしょう。その中で江戸っ子らしい、きっぷのいい、物事にはこだわらない、宵越しの銭は持たねぇというような気質――江戸っ子かたぎを形づくっていったのが、職人衆の価値観でした。江戸は職人の町でした。

江戸の文化と武士の役割

江戸では人口の半分が武士です。武士はものを生産しない消費人口ですから、二人に一人がお客さんという江戸ならではの「おてんとうさまと米の飯はついて回る」、こういう職人の豪語が生まれるわけです。つまり江戸にさえいれば、職にあぶれることはない、おまんまの食いっぱぐれはない、こういう豊かな町ということが、この言葉に象徴されます。そして江戸の職人衆の技術がぐんぐんぬきんでてよくなったのは、武士が多数いたからでした。武士は、自分の家格に合った振る舞いと、家格に合ったこしらえをしていないといけません。つまり着物も刀も、装身具の全部が、その家格にマッチしたものでなくてはいけない。武士がいたがために、ランクに即した細かい面倒な注文にこたえる、そのための技術が目ざましい進歩を遂げていくということでした。

ヨーロッパなどの文明国では、戦争が文化をはじけさせるきっかけとなっています。ところが江戸という時代は長い長い泰平の中で独自の文化を磨き、熟成させていった、これも非常に珍しいケースです。人口が三千万人もいて、高度な文明をもち、それなのに二百五十年もの間内乱もなく、外から攻められもせず、またみずから攻めて行きもせず、平和を保てた。こうした平和の中に育まれた文化というのが江戸文化の特色でもあります。

平和な時代における生活

二百五十年間の平和、なぜそれが維持できたのか、それは低成長で長期安定、具体的にいいますと、過剰生産、余剰在庫が無かったということです。すべての商品は注文生産が基本です。つまり決められた枠の中で全部のやりくりをしていかなくてはいけないという自給自足の時代でした。獲得する領地がないということは、資源を枯渇させないようなつつましい暮らしぶりでなくてはならなかったわけなのです。

江戸の二百六十四年間を通して日本人がやっていたことは、衣食住のすべてが八分目という暮らしです。足りない二分はどうするのか、これを毎日、日々工夫してやりくりしていくのです。よそから借りるか、他のもので代用するか、その場は我慢するのいずれか。そして生ごみや生活排水は、ほとんどゼロでした。

道の整備

前半の五十年間の幕府が一所懸命やったのが街道の整備でした。多額の年貢が国土復興のために投入されました。江戸の前の時代は打ち続く戦乱で国土がボロボロになっていたからです。この時、民・百姓のみが疲弊して音を上げていたのではなくて、国民全体がいま我慢してこの国土を何とかしなくては国は滅びてしまうという危機感でいっぱいの時代だったのです。官・民手を携えて歯を食いしばった時代がこの苦しかった五十年間でした。街道の次は、水辺を整えました。地上の道は人々が行き交う情報の道、水の道は商品の流通をスムーズにさせる水運の道として整備しました。江戸時代の商品のほとんどが船便によって運ばれており、当時の江戸の町はヴェニスと並ぶぐらいの水の都でした。水路造りに加えて、護岸工事もしました。守り育てた町も文化も、一夜の雨で流し去ってしまう水害に危機感をもちました。そして川にはたくさんの橋もかけました。

四代将軍家綱のころの明暦の大火は、十万人が被災するという大惨事で江戸城の天守閣も焼失しました。天守閣を再建するよりは、災害に強い町づくりをするための費用に投じようという計画を立てました。家綱から吉宗に至る八十年間かけてそれは継承され、八代将軍吉宗のときに江戸の防災都市計画がほぼ完成しました。つまり四代家綱のころに、これから二百年も泰平の時代が続くという予感を得ていたのが非常に不思議でもあり、また大変な英断であったと思わざるを得ません。そして江戸という美しい新興都市が整備されていきました。

ミチの語源と意味

ギョウニン偏の「径（ミチ）」は小ミチを指します。小ミチ、近ミチ、横ミチ、あるいは袋小路。つまり右のツクリ部には、たたずむという意味が含まれてますから、目的地に到達しない袋小路のようなものも、このミチの観念に入ることになります。

「行（ギョウ）」は、もともと四つ辻の象形文字がこういうふうに変わっていったものです。この偏のついたミチは主に自然発生的にミチになってしまったものです。「獣径（ケモノミチ）」というのも、この字を使います。

「道路」の「路」、このミチもあります。足と各（いたる）ですから、歩いて目的地にたどり着くミチ、目当ての地に行く筋という意味になってまいります。

このミチに近いのが、京都の四条や三条、五条といった「条」という字です。「條」の略ですが、これを分解すると、「条」とは細長い枝分かれした道筋を指します。これは先ほどの「径」、小ミチのように自然発生的にできた細ミチよりも幾分整理されたミチです。幾筋も通っているような細いミチは、「条（ジョウ）」の他に「小路（コウジ）」、「筋（キン、スジ）」という呼び方となります。

おしまいに「道路」の「道」。これは特別なミチなのです。「道路」の「道」というミチは、自然発生ではできません。もともと人々が行き交っていた細い筋ミチだったのかもしれませんが、後に大々的に人の手が加えられ整備されていった、あるいは整えることによって大きな役割を担わせたというミチです。つまり五街道は全部この「道」です。大変大きな意味のあるミチでして、足で行くという意味がシンニョウ偏にまずあります。そしてツクリに〝首〟があるわけは、特別儀式的な、公的な、公用の道を示しています。私用ではなく、公の益のために古（いにしえ）には奴隷の首を捧げたという重要なミチです。ですからこの「道」をつかうときには「公道」です。

最初の「径」と書いたミチに一番近いのが路地です。庶民にとっては外廊下に近い感覚です。つまりごく私的な空間で、そこに縁台を出して将棋に打ち興じたり、子供らが駆けっこをして遊んだり、あるいは家に置き切れない道具類を出したり。何をどうしようが、路地においてはお上は目をつぶりました。路地は庶民のコミュニケーションの空間であったのです。

路地から一つ出て表通りにいきます。表通りといいますのはどちらかというと公道に限りなく近い方ですからかなり規制が付加されてきます。立ち話をしたり、たばこを吸ったり、荷物をそこにちょっと置いたり、そういうことは厳禁、罰金の対象になりました。つまり表通りは、スムーズに目的地から目的地に滞りなく進むべきミチであって、たどり着くためのミチです。先ほどの「道路」の「路」に一番近い用法です。また、武士は公用で裏道を通れません。旗本などは一騎、二騎と数えるように、武士は戦闘要員であり、「騎」とは、現代の戦場で言えば戦車の役割ですから、戦車が私道を通れないように表通りだけ歩いてゆきなさいということでした。

路上での決まり

江戸の道では非常時以外は走ることが禁じられていました。歩く速度以上はスピード違反となります。船便を含むすべての物流も歩くスピードで流れていました。馬もです。馬に荷を乗せて、馬子さんが馬の口をとって歩くからです。馬を走らせますと、イコール有事。どこかで内乱が勃発した、戦が起こった、これにほかならないのです。歩く速度が移動の基本という……、私たちから見ると非常に信じがたい江戸の常識です。

江戸の管理

路地には木戸がありまして、朝の約六時頃にあき、夜の十時頃に閉められました。その脇には小屋があり、その木戸の開閉を行うことにより町の治安が保たれました。そしてその木戸の維持と木戸番のお給料は町入用（町内会費）によって賄われました。つまり町の治安は町衆の身銭でとり行われていた部分が多く、すべてに行政が関与していたのではないのです。非常に誇り高き市民意識です。道が凸凹だったりすると、やはりその町入用を当てて補修しました。これが江戸の町衆の心意気でした。そしてその町入用を納めているのが、表通りにお店を構える、高額納税者だったのです。自主的に町入用に積み立てていきました。納税の義務のない裏長屋に住む住人は町入用の義務もありませんでした。気楽なもんですね。つまり江戸の町がきれいに保たれていたのは、百万都市江戸で手広いあきないをしていた大商人たちのおかげでもあったわけなんです。

江戸はチープガバメントで、町人の富に頼る、それと自分たちでやろうという積極性に頼らざるを得なかったようです。政府の方では四割ぐらいのガイドラインを引いて、四割ぐらいのお金を出します。残り六割はそっちで何とか都合してくれと、げたを預ける形が、江戸の二百年以上にわたる官と民のあり方であったようです。いま考えるととても考えられないぐらいの成熟した市民意識、市民感覚を庶民たちがもっていたというエピソードになります。

江戸の庶民の価値観

大都市である江戸が二百五十年間の泰平を保つ事ができた価値観を示すキーワードは「持たず」、「急がず」、この二つの言葉だけです。「持たず」には二つの意味があります。一つは物を持たない。衣食住の家財道具をすべてスリム化する。たんすの肥やしをなくする、残飯をなくする、そして住まいもコンパクトにまとめる。年に何回かしか使わないような客間や応接間は必要ないとする、こういうようなスリム化が長屋です。それからもう一つの持たないは、コンプレックスです。他人をうらやむ、ひがむ、そういったコンプレックスを持たずに、自分は自分という自信を持って日々を暮らせば、せちがらくならない。そういうことが大切なのです。

次の「急がず」、これも二つあります。一つの急がずは、仕事を急がない。せっかちな江戸っ子らしからぬことですが、江戸は職人の町ですから、彼らはコンプレックスは持ちませんでしたが、プライドはしっかり持っていました。職人かたぎというプライドです。つまり急げば三日早く仕上がる仕事は、逆に三日延ばして丁寧にやる、こういう気持ちが職人のプライドであり、誇りなんですね。そしてもう一つは、人づきあいです。諸国の吹きだまりである寄り合い所帯の江戸では、人とのつきあいを、細やかに手を抜かず、急がずやっていかないと、支えあってこそ成り立つ共同体の中ではつまはじきになってしまう。

二つの持たないと二つの急がない。これを江戸だけではなく、三千万人がほぼ実践できたからこそ、平和を守れたのではないか。長い低成長だけれども心豊かな時間をもてたというふうに考えます。

Ⅱ　江戸時代は外国のようで…

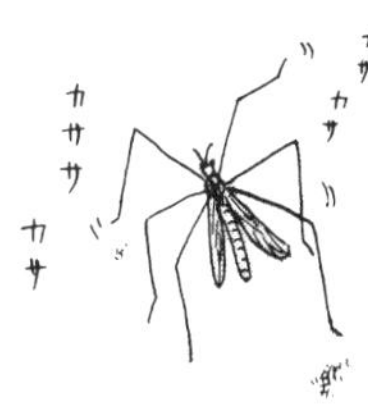

王子と乞食

ある朝、ふと目覚めたら、江戸の裏長屋の、せんべい布団の上だったとする。ペタペタペタ……。大粒の雨が降り出したのかと思ったら、板葺き屋根を雀が飛び歩く音だった。布団からびんと肘を伸ばせば、拳が向こうの部屋へ突き抜けるであろう壁。「あんた、起きねえな。起きて河岸ィ行っとくれ。お釜の蓋が開かねえよ」「開かねえものを、無理に開けるこたァねえ。閉めとくがいい」「てえげえにしな。お天道様がてっぺんに行っちまうよ。河岸がカラにならァ」「目出度えや」。隣の魚屋夫婦の声が筒抜けだ。四畳半一間、土間少々。家賃が月五〇〇文。四、五日分の日当で賄(まかな)える。火鉢に鍋釜、茶碗に箸、種々雑貨、全部引っくるめても、風呂敷一枚で収まる家財道具。「にィまめェ〜くろまめェ〜うずらにきんときこんぶのにしめェ〜」。路地を煮豆屋が通る。朝飯。大振りの茶碗に白飯を山盛り三膳、それを、香こと佃煮、豆腐の味噌汁で一気に掻っ込む。食後にほうじ茶を一服。さあて、何をしようかな。まだ、米は今日明日分は残っているから、ソウ慌てて働くこともないやな。定職はない。簡単な日雇い仕事なら、いくらもあるから、気の向いたものをやる。この間は米搗きをやったが、翌朝腰が痛くて酷かったからモウやるまい。医者の薬箱持ちは、立派なお屋敷に入り込んだり出来て、結構面白かった。蕎麦屋の出前も恰好は良いが、方角が分からず迷子ンなって往生したっけ。こんだあ本屋の袋綴じでもやってみるか。あ〜あ、まず一ッ風呂浴びて来よう。湯屋へ行くと、イベント情報のチラシが脱衣場に貼ってある。ふんふん、今夜ァ可楽の一題噺があるじゃねえか。道々、屋台の天婦羅を五串ばかし頬張る。寄席の帰りに、酒屋の土間で、ちょいと立ち飲みをして、二八蕎麦の屋台で、花巻きをたぐって、長屋へ戻る。灯油が勿体ないから、そのままズイと寝てしまう。夜中、小ッ腹がすいた。稲荷寿司売りの通り掛かるのを寝床で待って、腹ごしらえをする。明日、貸本屋が来たら、なんぞ新しい面白い読み物でも借りて、それを持って、大川へ鯉でも釣りに行こう。

そのまま眠って、ふと目が覚めたら、東京のワンルーム・マンションの、収納ベッドの上だったとする。シャアッシャアッ……。雨の降る音かと思ったら街道沿いの窓下を、車がひっきりなしに通る音だった。あ〜、ぼちぼち起きて働かにゃあクビになる。家賃も高いし。二五㎡、ベランダ少々。冷凍冷蔵庫、全自動洗濯機、乾燥機、大画面テレビ、ビデオ、エアコン、電子レンジ、ダニ取り掃除機、コードレス・アイロン、ワープロ、CDコンポ、その他所持品多数、家財道具種々雑多膨大。さてと、コンビニエンス・ストアで、サラダとサンドイッチでも買って来よう。セブンイレブンも飽きたから、サンチェーンにしてみようか。それともサブロク・セットという手もあったっけ。ついでに「ぴあ」買ってレイト・ショーの映画でも物色しよう。それにしても、月末だ。各種カードの引き落としがあるから、少し自主ビンボーしなくちゃなあ。

「現代人は、物質的には豊かになったけれど、精神的に満たされていない。それに比べて、昔は、質素な生活だったが、しみじみとした情緒が溢れていた。江戸の頃の暮らしが羨ましい」なんてことを、私達は往々にして口にする。「現代人が失ってしまった何かがそこにはある」。紋切り型のキメ台符(せりふ)。「現代人」にとっては、江戸の人達はブッシュマン（コイサンマン）だ。素朴さが良いよ、質素が一番と、エアコンの部屋でビールを飲みながら、のたまっているのだから、いい気なもんである。

江戸から一〇〇年の間に、私達が得たものは「便利さ」だった。そして、便利さと引き換えに、私達が失ったものは、江戸人達が有り余るほど持っていた「無為の時間」である。日がな一日、キセルをくゆらせて、日が暮れる。路地を吹き抜ける風に、季節を感じる。便利さと豊かさは、違うのだという事に、最近、気付きはじめた。しかし今、私達が、江戸人の、ゆったりしたテンポを真似するならば、巨大なエネルギーに支えられている日常生活は、たちどころに麻痺し、日本は大恐慌に陥るだろう。テレビもエアコンも電子レンジも自動車も飛行機もいらない。九尺二間の裏長屋で虱に食われ、炭水化物と塩分ばかりの食事で、短命でも良い。江戸情緒を手に入れるには、それ位の覚悟が必要だ。

「王子と乞食」という童話を思い出す。容貌の酷似した二人の少年、一人は王子、一人は乞食だった。王子は乞食の自由を羨み、乞食は王子の裕福さを羨み、互いの服を交換して、生活を入れ代わった。二人は、貴重な経験をするが、それぞれに悩みがあり、喜びがある事を知り、再び、服を交換して、元の生活に戻る。

私達は、江戸人と、同じ位の悩みと喜びを持って、生きている。

ええじゃないかよりなんとなく

二百六十年間続いた江戸幕府が、今まさに倒壊せんとする、慶応三年の秋「ええじゃないか」は発生した。
ええじゃないか　ええじゃないか
くさいものに紙をはれ
やぶれたらまたはれ
ええじゃないか　ええじゃないか
天から降った神符を手にし、思い思いの派手な恰好をした老若男女が、イナゴの大群のように、街道を乱舞しながら、全国を席巻して行った。
鬱積した時代の空気を打ち破る、抑圧され続けた民衆エネルギーの爆発の象徴として「ええじゃないか騒動」は解説される。
「ええじゃないか」とは、「何がどうなったって構わねえ、どうでもなれ」という開き直りだ。「ええじゃないか」は「世直し」だと言われるが、こんなヤケッパチの改革のスローガンがあるだろうか。せめて「飯をくれ、布団をよこせ」くらいな事を言って欲しい。「ええじゃないか」の文句は、前出のものが一般に知られているが、実際は、聞くに耐えない卑猥な語句を、声高に喚きながら踊り狂ったらしい。どこでしたって、ええじゃないか。どんなふうにしたって、ええじゃないか。誰としたって、ええじゃないか。一事が万事、○○が××でもええじゃないか、なんて調子で、禁止用語のオン・パレード、伏せ字だらけになってしまうから、教科書には載せられない。

忠実に再現すれば、単なるエッチな集団乱舞だ。それを、一揆や学生運動といっしょくたにしたのでは、味噌も糞も（この例えは、関東人は好むが、関西人は厭う）、の暴挙である。

百年が経ち、私達は、着物を「和服」と呼び、技術者に金を払って着せて貰い、ワインリストは読めても、長屋の金坊の読んでいた絵本の文字は解読出来ず、いつしか江戸から途方もなく遠い暮らしを享受している。それを、今更仲間ヅラして、肩に手を掛けるなんて、エラク馴れ馴れしい振る舞いだ。江戸を語る上で、我々が必ず用いる枕言葉、「搾取」「身分制」「抑圧」。多分、ウサギ小屋を気の毒がる欧米人と同じ種類の、大きなお世話なのだ。

ともあれ、「ええじゃないか」は、江戸最後の秋から冬、三か月間、季節外れの大型台風の如く、日本を縦断して、あっけなく去った。得体の知れない大流行であった。「ランバダ」や「踊るポンポコリン」だ。歴史は「ええじゃないかで、新時代の幕が開いた」、と芥川隆行調のナレーションをかぶせる。それなら、百年後の年表には、「踊るポンポコリンで、平成即位の幕が開いた」と記されるだろうか。「ええじゃないか」で、世の中は変わらない。時代が変わるのに、「きっかけ」や「理由」など必要ではない。「きっかけ」も「理由」も、後からこじつけるものだ。なら、何が、江戸幕府を倒したのか。「外圧」も「反政府運動」も、「ええじゃないか」と大差ない。そんなものは、起こる時は、いつだって起こる。風邪で死ぬ人もいれば、卵酒飲んでケロリと治る人もいる。

時代は「なんとなく」変わる。「なんとなく」、そうなって行くものなのだ。激情と腕力で、世の中は変えられない。嬉しくも、悲しくもない。その曖昧模糊とした気分が、ひらべったく充満した時、時代が横滑りに、ずるり、と、動く。それだけだ。天地が引っ繰り返るのでも、幕が開くのでも、まして「進化」するでもなく、「滑ってずれる」のである。

おもしろい事に、江戸中期から幕末にかけて、江戸人の随筆類の中に、断定的な物言いが減り、代わりに、「なんとなく」的表現が多出して来る。「なんとはなしにそのように思われる」「意味はないが、暇にまかせてただ見たままを記す」「好きでも嫌いでもないがなんとなく面白く感じたので書き留めた」という、主体性のないフワフワした感慨、あるいは、「～らしいそうな」「～と聞いたものの定かではない」といった、不確かな聞きづての話などで、他人事のような淡々とした筆運びで、「なんとなく」を書き連ねる。

私達の身の回りに「なんとなく」は増えているだろうか。長い休暇を持て余し、猫も杓子もリゾート地へ、ガイド片手にポンポコリンと繰り出して行き、流行の服を身にまとい、「ま・いっか」とうそぶいて恋愛する。家の中には、「ファジイ」という名の電化製品が増殖し、テレビで政治家は、主体性のないフワフワした答弁ばかり繰り返す。友人知己との話題は、どこかで聞きづての噂で他愛なく盛り上がる。さて、ぼちぼち「滑る」か。

ニッポンの世紀末

いよいよ世紀末と言われる時代に突入しましたが、末世的な不安を感じているのは中高年の人々で、若い人程、ジェットコースターに乗っているような、ワクワクするスリルを楽しんでいるようです。それは丁度、幕末期の民衆が、時代の変転に際して、杞憂よりも期待感が勝っていたのに似ています。

こういった、退廃・終末の重たいイメージとは異なる世紀末像は、これからの世代に増えているようです。現在は、技術革新のスピードが、生活を追い越して、いわば、茶道を知らずに、名品の茶椀を持っているような状態です。このアンバランスが、道具に躍らされる、非人間的未来社会を予感させる要因となっているのですが、それは、ハードを、感性の開発素材として、深く自在に使いこなすか、或いは、進歩繁栄の生活から遁世して、身軽かつストイックに暮らすかの、どちらかの方法で、クリア出来る筈です。いずれにせよ、そこには、江戸人が、当たり前に身に付けていた、肉声、肉眼、徒歩、人力といった、人間サイズの「等身大の価値観」が重要になって来る訳です。

ただ、物の真価を解せずに、見栄と物欲のみに凝り固まるヤボと、便利で贅沢は大好き、でも、のんびり遊びたい、の両方を欲しがる駄々っ子のガキが、大勢を占め続ける限り、物質は溢れているのに、心が充たされないという、精神的飢餓感からは、永遠に解放されないでしょう。

私達がヤボでなくガキでもない、「粋な大人」に近付く事が出来れば、本当に豊かで明るい未来も、あながち、夢ではなくなるのかも知れません。ジェットコースターが「喚声をあげる棺桶」と化さなければ良いのですが。

長屋のアーバン・ライフ

江戸文化が爛熟を極めた江戸後期、江戸市内の人口は百二十万人に達し、同時代のパリ、ロンドンを凌ぐ、世界一のメトロポリスとなる。

すなわち「江戸ッ子」と自他ともに認める、我らが先祖、熊さん八つぁんは正真正銘の、メトロポリタンであった。彼らの殆どは、日本橋から神田にかけたメイン・ストリートの裏手に位置する、賃貸集合住宅に住んでいた。これが、名にし負う「九尺二間の裏長屋」である。

間口九尺（約2．7m）、奥行き二間（約3．6m）、専有面積三坪（約9．9㎡）。土間付き四畳半一間。郊外の庭付き一戸建てとは対極のライフ・スタイル、都心のワンルーム・マンションの元祖である。

「長屋暮らし」、と言えば、相変わらず、時代劇や落語でお馴染みの、貧しいながらも人情味厚く、向こう三軒両隣肩寄せ合って、精一杯の反骨を誇りに健気に暮らす、こんなアナクロ・イメージなのだろうか。長屋＝清貧。いつからこうなってしまったのか。これでは、過疎の村落である。当時の日本は、国中どこへ行っても大半の暮らしが質素で、江戸の長屋が格別質素だった訳ではない。それどころか、全国平均からすれば、大威張りの「中流以上」である。彼らは長屋にしか住めないのではなく、自らの選択で住んだのであって、その行動は、随分トンガリ、ツッパッていたのである（都心にコダワリ暮らす都会人は、いつだってラディカルだ）。家庭至上主義者のスイート・ホームは、今も昔も閑静な住宅地にある。長屋は、東京で例えれば、先端カタカナ・ギョーカイのオフィスが群雄割拠する地帯にある。住環境劣悪、けれど、最新の情報と刺激は浴び放題。それが長屋暮らしの醍醐味だった。

であるから、江戸の長屋に、お節介でお人善しの「寅さん一家」はいない。がしかし、長屋には、現代のワンルーム・マンションに見られる、窮屈で矮小な暮らしとは比べものにならない位の、闊達自在な生活があった。

人と人との距離が、近くなれば近くなるほど、他者との間に摩擦が生じ易くなるのは、古今東西を問わず、お決まりの常識である。高密度の都市では、限られたスペース内でのプライバシーの確保が、重要な課題となって来る。

ワンルーム・マンションは、防音壁と鉄の扉で、上下左右前後の「隣」と、縁を切る事によって、かろうじて何とか、存在意義を保とうとしている。にもかかわらず、ワンルーム・マンションに住む苦情中、一番多いのは、隣の生活音だと言う。長屋の壁は薄い。隣の物音は、微かな衣擦れさえ、はっきりと漏れ聞こえ、煮炊きの匂い迄筒抜けである。戸や窓には鍵すらない。それでも、住人間のトラブルは皆無に等しかった。泰平の江戸を謳歌した、狭いながらも楽しい長屋の処世術とは、一体何だったのだろう。

分厚い仕切りでプライバシーを確保しようなどというのは、余りに即物的で幼稚ではないか。長屋には、高密度の都心に心地よく住む為の紳士協定、即ち、必要以上の隔絶と、節度なき馴れ合いを、戒める気風が存在していた。個々を尊重しつつ、和して暮らす「大人の協調」があったのである。

まず、彼らは、いつ何時でも挨拶を怠らない。挨拶は、他者と自分との間の「仕切り」であり、相撲の仕切りと同じだ。仕切らず、いきなり取っ組み合えば、単なる無秩序な私闘である。朝晩の挨拶は、「本日も他意なし」の表明であり、他者との快適な距離をキープする為の確認作業である。一線越えて立ち入るなよと牽制すると同時に、そっちにも干渉しやしねえと宣言しているのだ。隣近所との親密な挨拶は、どんな外壁よりも強固な仕切りとなる。故に、江戸人は当たり障りのない時候の挨拶が大得意だ。実生活の生臭い話題は、当たり障りのあるプライバシーの押し付けに過ぎない。つまり、互いの人生を語らず、そうした話に凡そ興味を示さぬポーズが、都会人の枠とされた。他者の人生なんざ、臭い芝居や演歌のネタにこそなれ、食い残しの料理の様なもので、お裾分けされた所で、有難くもなんともない。壁が薄っぺらだろうが、窓や戸が明けっ広げだろうが、とんと意に介さなかったのは、無遠慮に土足で他人の生活に踏み入る事を何より恥じる、都市の美学があったからで、聞き耳を立てたり、のぞき見をする輩は、「野中の一軒家の田舎者（隣近所が珍しい位に、他者の住んでいない辺境の人）」とそしられたものである。

「都会暮らしのルール」を知らぬ、現代のワンルーム・マンションの住人は、長屋の住人から見れば、無知蒙昧な野人と言われても致し方ない。そして多分、赤の他人の収入、学歴、趣味に至る迄詮索し、頼みもしない、雑多な商品情報を送り付けてくるダイレクト・メールの横行する、現代社会ほど、プライバシーが蹂躙されている野蛮な時代はないだろう。

平成の巣

　土曜日の新聞は分厚い。早朝、「どこっ」という鈍い音をさせて、新聞入れに突っ込まれる。マンションの鉄扉は、薄い唇に葉巻をくわえた格好になる。内側から取り入れる事は不可能だから一旦外に出て、ポストの歯の間から、葉巻をもぎ取らなくてはならない。こういった手間になるのは、新聞に本紙を凌ぐ量の「住宅広告」が付いて来るからだ。

　モデルルームとかオープンルームとかいう、それらの商品展示は、主に土・日に行われる。週末が、恒例の売り出し日なんである。スーパーマーケットだって土・日特売がある。卵Mサイズ一パック百円、牛乳一リットル百五十八円、お一人様一点限り。それらのチラシの中に「稀少物件5LDK、駅歩十五分、一億七千八百万円」なんてのがトトマジリしている。一億二億なんざ、日常茶飯食前食後だ。四億五億だって驚かない。ぜんたい人をバカにしてやがらあ。エエそんな金がどこにある。見せてみろ。

川崎の竹ヤブや、横浜のゴミ処理場を探せってか。

江戸の頃は、未開で貧しく、テレビもエアコンもなくて不便極まりない暮らしをしていた。それでも、その気になって、真面目に働けば、家の一軒位はいつでも持てたのである。多くの江戸ッ子が、九尺二間の裏長屋でビンボーしてたのは、真面目に働いて家を持つより、気楽なビンボーを選んだからなのだ。彼らにとって、住居の所有は、人生の重要事ではなかったらしい。

ところが、平成の今「自分の家を持つ事」が、スゴロクのアガリのように喧伝されている。にもかかわらず、ワタシラがいくらその気になってしゃかりきに働いても、ドダイ億はムリだ。先祖代々の地面を持っていれば「住み替え」という芸当もあるけれど、コチトラ先祖代々由緒正しき借家人は、子々孫々未来永劫借家人を保証されているようなものである。

そんなグチに対して、慈悲深くも「親子二代ローン」なんて商品まで用意してくれる。大きなお世話お茶でもあがれ。人の一生は重き住宅ローンを担って遠き道を歩むが如し。皆が皆、同じように、庭付き一戸建てに住むことが、本当に「幸せ」のカタチなんだろうか。

生き物というのは、苛酷な環境に暮らすもの程、入念な巣造りをするそうだ。豊潤な環境に住むものは、大雑把な形態のスカスカの巣で満足しているらしい。例えば、砂漠の白蟻の巣、そして、森の小鳥の巣。前者の特徴は、食糧貯蔵室も備えた頑強なシェルター型構造にあり、後者は、ほんの腰掛け程度の休息所としての機能しかない。「身を守る為の巣」と「体を休める為の巣」。

江戸ッ子の長屋は、「立って半畳寝て一畳」の、後者の典型だ。このことは、江戸の町そのものが、思いの外、豊潤な森であったことを示唆している。一生を費やして執着する「平成の巣」は、どう考えてもシェルター型だ。それなら、私達の環境は、シェルターを必要とする程苛酷なんだろうか。冗談じゃねえや。

改革という弾圧

「チェンジ！」を連呼して、クリントンが圧勝した。日本でも、「改革」を旗印にした、若手議員の政治グループが、盛んに気を吐いている。

「今こそ！」

　百年も千年も、夕焼けにカラスはカア、政治家はイマコソと鳴く。「こそ」の付く「今」って、どんな「今」だ。「今こそ」と言った端から、その「今」は、「さっき」になっている。「こそ」なんかくっ付けて、力んでも駄目だ。「今」は、とっとと「さっき」になる。「今こそ！」の声の方を見れば、きっと、そこには「さっき」の夕陽に照らされた政治家が、こぶしを振りかざしている。おいちゃん悪いね、こちとら忙しいんだ、付き合ってらんないや、ウチのヤツが待ってるんだ、バイお先。「今こそ」と叫ぶ政治家に限って「今（そして良くも悪くも、その今の中にほうり込まれて転がり続ける我ら）」と並走しない。彼らはいつも後からやって来る。彼らは決して、叢（くさむら）を、繁みを、自らの手で掻き分けたりしない。彼らの目には、今は映っちゃいない。

はるか後方で、また何か叫ぶ。

「今こそ変えねば」

「今こそ」の後に、「〜すべき」「〜せねば」「〜のために」とかの、「谷渡り鳴き」がセットされる。いわゆる「ベキネバタメ」の大正義の押し付けだ。「ベキネバタメ」を地鳴きでさえずる時、彼らは恍惚とした表情になる。ずっとソウやって鳴いてな。ウチ帰るよ、こっちは。

政治家は、お雛様だ。緋もうせんの上にいる時だけ、馬鹿に生き生きとしてるけれど、普段は納戸の場所ふさぎにしかならない。ねずみのかじった雛は、取り替えてまた飾る。首が汚れりゃ、引っこ抜いて新しいのを挿す。「今こそ変えねば」なんて意気込んだ所で、お内裏様が金髪になりゃしまい、三人官女が子連れ出勤しやしまい、ポジションも役目も、いつも同じ。花を飾られ、餅、あられ、上生菓子、白酒、五目ちらし寿司、たくさんのお上げ物に囲まれ、下の段には贅沢なお道具をこてこて並べ、座敷を占領する。ちゃぶだいは雛段の裏に畳まれ、家族は隅に小さくなって、お雛様の「お下がり」を戴いて食事する。寝る場所も追われ、おばあちゃんの布団に潜り込み、夜中、トイレに起きて、枕元の入れ歯のコップをこぐらかし水びたし。節句に雛がなけりゃ、しまらないが、雛が、飯の支度を手伝うじゃなし、愚痴に相槌打つじゃなし、日常にとっては、無用の長物だ。

「今こそ変えねば」。日本最長命の雛段「江戸城」の中で、三度声がした。享保の改革、寛政の改革、天保の改革。

改革とは、庶民の食卓に、おかずが一品増えるのではなく、一品減る事だった。すなわち、質素倹約の生活統制。贅沢はいかん、不真面目はいかん、ちゃらちゃらしてんじゃない。「無用」「停止」「禁止」「廃止」。

会社がゴタついているお父さんは、機嫌が悪い。子供が茶の間で、オモチャを広げてキャアキャア遊んでいると、新聞をバサッと投げ捨てて「うるさいッ、片付けろッ」と物凄いけんまくで怒鳴ったりする。「お父さんは今、大変なんだぞ」。でも、そんなの、遊んでた子供には関係ない。

楽しい気分をねこそぎ吹き飛ばすのが、改革だった。庶民にとっては、改革とは、いつでも、団欒の弾圧、茶の間への政治介入、そして、お上にとっては、政治権力の延命策だった。「今こそ変えねば」は、「今」を「変」にした当事者が、「こそ、ねば」を盾に、保身の擬態に回る時の掛け声だ。

「こそ、ねば」で変えられる世の中は、不幸だ。そして、為政者のやり口は、千年も万年も、変わらない。さコソ変わらネバならぬのは彼らなのに。

二六〇年間に、江戸市中は「大火」と名の付く火事に、百回以上見舞われている。

焼けても焼けても、長屋の住人は、また同じような長屋に住んだ。起きて糞して食って働き呑んで寝て。朝の来ない夜はなし、死ぬまで、そうやって、生きた。繰り返す日々。毎々、初日の出を拝み正月を迎え、炭をつぎ年が暮れる。延々変わらない。生き物の生とは、おおむねそういうものだ。カブトガニも、シーラカンスも、何の変哲もない今を重ねて、生きて、死ぬ。

より多くを獲得し、より多くを従わせ、他のすべてを凌ぎたいという、武士の出世思想は、生態系のバランスを崩す、招かれざる異常クローンだ。彼らは言う、「今に天下を取る」と。彼らの今は、今ではなくて、いつの事やら知れぬ、欲望の彼方だ。「今に見ろ」と言いつつ、今を見ちゃいない。

変哲もない日々を過ごせる事は、幸せだ。願わくば、「こそ、ねば」の雄叫びを、聞かずに済む世の中に、住みたいものである。

江戸の三大改革

江戸二六四年間に、三つの節目がある。いわゆる三大改革と呼ばれる、享保の改革、寛政の改革、天保の改革である。それぞれの立役者は、享保は、八代将軍吉宗みずからの陣頭指揮による政策だったが、寛政と天保は、老中職の松平定信、水野忠邦が大車輪を演じた。

行政の断行する「改革」は、庶民にとってはいつだって「改悪」でしかない。改革とは、食膳におかずが一品ふえることではなく、一皿一鉢へることだった。なんのことはない、せっぱつまった現体制の延命策が改革だった、と以前書いたおぼえがある。三つの改革のまえには、江戸時代を通じてもっとも庶民文化のさかえた一時期があるのをみてもわかる。

享保のまえに元禄（かつて昭和元禄と謳われたように、無敵の高度成長期）、寛政のまえに宝天（あまりなじみのない呼称かもしれないが、宝暦から天明にかけての一時代。江戸という街がもっともひかりかがやいた繁栄安定期)、天保のまえに化政(わりとおなじみの文化・文政、爛熟退廃期)。ともあれ、下々が、うかれ、のぼせ、はしゃいでいると、上からバシャッと水をかける。日本の人口の約一割が武士だったから、のこり九割の一般人には、ありがたくもなんともない号令、それが改革であった。

改革の目的はどれもおなじだ。ここでは吉宗を俎上にのせてみよう。享保の時代は、最後の戦争、島原の乱から百年がたち、世に泰平の気分が満ちていた。本来戦闘要員としての武士の存在理由がゆらぎはじめたころにあたる。平和な環境のなか、庶民は、安心してよく働き、よく蓄え、そして、よく遊んだ。あったこともないとおい先祖の、関ヶ原合戦における武功の評価額が、以後代々のくらしの規模を決定している武士階級は、農工商の繁栄など、おもしろくもなんともない。腹立たしいばかりだろう。戦こそ、ベースアップのチャンス・ステージなのだから。

吉宗のしたことは一に文武奨励。士たるもの、日々の精進邁進をおこたらず、高い精神性を体現し、民の規範となるべし。これには、すっかり平和ボケした新人類型青年武士層が、まず辟易した。仁義礼智信忠孝悌とはどこの賭場の符丁でござる、の世であった。二に質素倹約。将軍が、玄米で一汁三菜。老中は一汁一菜。そのころ江戸市内では、多くの庶民層まで白米を常食していた時節に、吉宗は玄米をムシャムシャ食らい、衣は木綿だけにし、古武士のしつらえの三尺もの太刀をたばさんだ。どうりで、ひとり浮きあがっている。三には、いいことをした。実力主義である。身分の低いものでも能力があれば、どんどんとりたてると、部下のヤル気をあおった。百年たって、世襲制による役職の内部腐敗が目立ってきたからだ。当然といえば当然だろう。

その他、したことはいろいろあるが、ようするに「しまっていこう」ということだ。非生産者階級である武士は、領地の租税をふやさないかぎり給料はふえない（といって、あたら租税をふやせば領民の反発はまぬがれず、そんなことできやしない）のだから、みなのもの、物価を低くおさえ、むだづかいせず、つつましく、末永くくらそうぞ、と本意はけっこうなさけない。

この時代、奇妙な大事件があった。「天一坊事件」である。将軍の世子と名乗る、天一坊というナゾの男があらわれ、数人の知恵者と共に、われ一国を興すらんといいふらし、方々で多数の浪人を集め、運動資金を詐取した。仕官出世の一縷ののぞみから、もてる財産をすべて供出した浪人は、天一坊に命運を預けるかたちとなり、団結し、従った。かれらは「家老」「用人」「奉行」「近習」「大目付」「勘定方」「留守居」など、まるでひとかどの大名家のような組織を作っていた。事件の収拾は手間取った。幕府の調査が半年にもわたったのは、吉宗が「おぼえがある」といったためで、堅物名君も、あながちロマンスに無縁でなかったようだ。結局、大詐欺とバレ、一味は極刑に処せられた。平成を震撼させた、さきごろの集団を連想するが、天一坊は、無差別殺人はやっていない。

つづく寛政の改革は、まるきり吉宗をなぞっている。なにしろ改革が使命のサラブレッド、発声の松平定信は吉宗の孫、由緒正しき血統だ。倹約令、風俗粛正に加え、旗本が町人からした借金を一方的に「なかったこと」にする棄捐令まで発布する。天保の改革になると、しめつけはさらにきびしく、庶民の着物の裏から、おかずに初物の食材がまじっていないかまでをことこまかに取り締まる。生き残りをかけたなりふりかまわぬ体となる。世のおごりたかぶりをただす「正義」を大上段にふりかざす姿は、大根役者に似て、こっけいにうつる。人は武士に生まれないほうがしあわせだ。

二一世紀というホログラム

このごろ、葬式で、「かれに二一世紀を見せてあげたかった。残念だ」という弔辞を、たびたび耳にする。

そも、二一世紀とは、見えるものなのだろうか。

たしかに、たった、あと五年。五年前をふりかえるより、間近に感じられる。これから先五年の生存は確約できはしないものの、おおくのひとにとり、住宅ローンの完済より早く、二一世紀はやってくる。

世紀とは、一〇〇年の区切り。だれがいつ決めたのだろう。

われわれ日本人にとっては、過去、明治三四年の一九〇一年に訪れた「二〇世紀」から、まだ二度目のマツリであるから、正直のところ、よくなじんでいない。江戸からつづく花街での掟では、初会、裏、三回目、と通ってはじめて「なじみ」となるのであるから、一〇五年後の二二世紀には、たぶん、いっぱしの旦那面して、どっかりと新世紀を迎え入れられることだろうとおもう。

とりあえず、二回目の裏、である。いましも長廊下を艶なる素足で、左褄とって、この座敷に近づいている「二一世紀奴（やっこ）」に、どう相対したらよいのだろう。鼻の下のばして、デレデレになっては、どうで軽く見られて振りつけられるだろう。かといって、やたら渋面つくって腕組みしていちゃ、野暮なおひとよと呆れられるだろう。

とりわけて明るい希望の光の未来でも、さして暗い絶望の闇の未来でもない、ごくふつうの、今日のつづきの未来として、気負わず迎えるのが、正解とまでいわずとも、まずは無難か。

新世紀とはいえ、年頭にカレンダーが新しくなるのは、毎年と同じことで、昇る太陽も、いつもと変わりはないのだから。

冒頭へ戻って。二一世紀は、見えるのだろうか。

自分はコウおもう。見えない。自身の顔をナマで（鏡や写真やビデオやモニターではなく）見ることができないように、ふりかえる（再生）ことはできても、見たり見せたりはできない。

すなわち、二一世紀の到来とは、二〇世紀の一〇〇年間をふりかえるための「きっかけ」なのではないか。

この一〇〇年、わたしたちはなにをやってきたのだろう。

とにかく、頑張った。頑張りに頑張った一〇〇年だった。曲がったものを真っすぐにし、でこぼこな面は真っ平らにし、欠けたり穴の開いたりしたところは埋めた。そうして、快適で、便利なくらしが、今ある。

ほんとうに、よく、頑張った。

「頑張る」とは、もともと「我に張る」の訛りで、他に屈せず我を通すことで、肉片を持った犬が、だれにもとられまいとして鼻に皺を寄せ唸る様、あるいは、武士が獲得した領土を、刀をかざして外敵から死守する様をいうらしい。

いずれ、あまりほめられた形相ではない。

そしてこの一〇〇年、わたしたちは、あらゆる価値観を数値に変換することに成功した。花を美しいというより、「これだけ見事なバラが一本三〇〇円」といい、楽しい旅というより、「たった一万九八〇〇円で、二食付き温泉パック」といい、感動の名作名画も、魅力的なプロポーションも、数字で表現され、不慮の死すら、五〇〇〇万円の保証という。

数字とはなんだろう。触ったり、味わったりはできないのに、手痛いおもいをしたり、苦いおもいをしたりする。実態がないのに、われわれの喜怒哀楽の隅々まで容赦なく入りこんでくる。

二〇世紀の一〇〇年は、頑張って、数字を増やすことに専念した一〇〇年ではなかったろうか。

　これからの一〇〇年を考えるのは、まだ見ぬ伴侶を夢想する少年少女よりも、照れ臭くばかばかしい。

　それでもおもう。頑張らなくてもいい時代、数字の支配からエスケープできる時代がくればいいと。巨塔を、倒れる心配のないていどに、ほんのわずか、傾かせ、平らな舗道に、雑草を一、二本生やし、屹立する鉄壁に、鉛筆の芯ほどの覗き穴を穿ちたい。

　次世代へ送るエールは、そのまま自らの余生へのエールでもある。情報の荒波に漂う一片の木の葉のようなくらしだから、うっかりおぼれるな、しっかりやりすごせ。けっして頑張るな。ひとから褒められる自分ではなく、自分を褒めたい自分になれ。相対評価ではなく、絶対評価を信じよう。偏差値なんかくそくらえ。自分の頭で考え、自分自身から行動しよう。そして（かなり欲張りなのだけれども）、自分以外のひとを守れるくらいのたくましさとゆとりが欲しい。

　二〇世紀は「モノ」の世紀だった。モノは、くらしを便利にし、経済を急成長させた。つぎは、いうまでもなく「ココロ」だろう。利害と無縁の豊かさ。それには手間が必要だ。手間を不便と考えるか、充実と考えるか。そこが、ココロへの扉を開ける鍵となるのだろう。

日本人のスピリット

1

江戸の人達に共通に言えることは、私たちよりはるかに楽に生きて、楽に死んでいったのではないかということです。背負うものがとても少なく、必要最小限のもので暮らし、ものを持ち過ぎない。交友関係もごく狭い範囲で少数の大切な人達に囲まれて一生を過ごす。病や死を恐れず受け入れて、病むべきときは病むが良き、死ぬべきときは死ぬが良きという死生感。衣食住、すべてが八分目。足りない二分をどう工面するかに頭を働かせ、他から借りたり、代用品で済ませたり、我慢したり。こうして二分の足りないところを毎日補っていたのです。

江戸の人達は今日どう過ごそうかと考えていないと生きていけない。今日の満足のために生きているのです。つまり明日のことを考えていない。今日の積み重ねがすべてであって、昨日も明日もない。昨日は過ぎてしまった今日で、明日はまだ来ない今日。

そうして夜布団の中に入って「やれやれ一日終わったぞ！」と安堵する。江戸の人達の考え方はまさしく諦観なのです。それは絶望ではなくて、潔さの諦めです。隣の人の生活レベルに満たなくても恥ではないのです。相対的な価値観ではなく絶対的な価値観しか存在しない、偏差値がないので他人の暮らしがうらやましくないのです。

今は薄暮の時代。夜明なのか、夕暮れなのか、よくわからない。現代人は自分が今どこにいるのか、何をしたいのか、何をしてほしいのかもわからない。ほしいものが見つからない。大勢の人と関わりを持ち、十年後や二十年後のローンのために生きている。私たちは八分目どころかあまり過ぎるくらい持っていても、まだ不安です。江戸は丸腰、現代は過武装時代。

もう少しペースダウン、スピードダウンしましょう。今日という日を生活の軸に据えて考え直すと、もう少しゆとりが出ると思うのです。

2

江戸は火事がとても多かったので、一晩の火事でみんな灰になってしまいました。でも、どちらかというと火事を歓迎していた節がありました。職人衆が多かったので火事になれば、手間仕事が増えて食うに困らなかった。火事が江戸の経済を活性化させていたんですね。住まいもお醤油で煮染めたような裏びれた長屋なんて一軒もなくて、二、三年に一回は火事で焼けていたので大半は新築同様。それに家は大家さんが建てるものだから焼けても心配しない。いざとなれば、身ひとつ動かせばいいんです。財産は命しかなかったのです。

高度成長期以降、大量生産、大量消費になってから日本人の考え方に変化が現れたように思えます。それまではクーラーはなくても夏には打ち水をし、葦簾や簾を張り、蚊帳を吊って休み、冬には火鉢で暖をとり和んでいました。それが今では電気を大量に使って、一年中トマトやキュウリが食べられる季節感のない暮らしをしています。

高度成長期の右上がりの妄想を捨て去って、日本人はもっと貧乏になるべきです。尊い命、唯一無二の財産なのに、命を大切にしない子どもの出現には心が痛みます。「江戸はどこにあるのですか」とよく質問されます。江戸という都市は、言うまでもなく東京の前身であって同じ場所。ここには時間の経過だけがあります。私たち現代人は、日常的に思い出さないだけで、実際にはＤＮＡの中に江戸の気質を持っているはず。今はどこか無理をしているところがあるのではないでしょうか。

過去から現代そして未来へ。暮らしは変化していますが、人々の心は同じです。江戸の寺子屋の教育の基本は「禮（れい）」でした。禮とは豊かさを示すと書きます。心が豊かでなければ、他者を敬ったり、許したりできないということです。何でもある現代に欠けているのは、この禮かもしれません。

3

江戸のテンポというのは実にスローだったようです。一番短い時間の単位が四半時。季節によってその長さは変わりますが、約三十分単位です。つまり、江戸では三十分以下の細かい時間の単位は必要のない暮らしなんですね。

現代人は一分一秒を競うわけですが、実は私たち日本人の体内時計にはこのスローなテンポを心地よく感じる名残りもどこかに残っていると思うのです。

私は三十四歳のときに「隠居宣言」をしました。仕事は極力セーブして週に三日以上働かず、四日は休むことにする…　月の半分も働けば、何とか生活ができた江戸の暮らしに似ています。

隠居をするには、ある程度の決意が必要です。まず第一条件は家族がいないこと。芭蕉だってあっさり家族を捨ててしまいましたもの。

隠居といっても、「本隠居」と「素隠居」があり、私の場合は素隠居。素隠居は食う分は稼がなくてはいけません。一方、ありあまる財産があって働かなくても隠居ができるのが本隠居。本隠居には一生なれそうもないので、生活のうえで衣食住のすべてを縮小しました。洋服はたくさん持たない。古着を着まわす。冷蔵庫が壊れたらどんどん容量の少ないものに買い替えていく。テレビも小さいものにしていく。できるだけ部屋数が少ないところに引っ越す。人にお金は貸さない、もちろん借りない。

今、人はものを持ち過ぎて、心も体も生活も肥満状態。私の素隠居は、すべてをスリム化していく暮らしです。雲の流れを見ているだけで退屈しません。江戸の暮らしにも素隠居にも腕時計は要りません。

素隠居で一生の目標は道楽です。「道に楽しむ」のが道楽。私にとっての道楽は酒、蕎麦、湯。案外、江戸の人たちのように、身近なところに幸せを求めると、楽に生きていけるのかもしれません。

江戸時代は外国のようで新しい感じがするんです

江戸時代に興味を持つようになったのは、いつごろからですか？

十九か二十歳の頃です。うちが呉服屋なので、初めは関係ないことがやりたくて全然興味なかったんですが、そうしたものに子供のうちから親しんでいて下地ができてたんでしょうね（笑）。

どんな部分に魅かれるんですか？

価値観やテンポが現代よりしっくりくるんです。私〝古い〟ものって本当は好きじゃないし、大正や昭和初期だと記憶がありそうな古さを感じてしまうんです。それが、江戸までいくとまるっきり違う世界ですから、外国みたいで〝新しい〟感じがするんですよね。今の東京も好きですけど、江戸ってすごく雑然としていて、ヤミ鍋みたいに突ついたら何が出てくるかわからないところがあって、好きです。京都なんかだと、文化の根が深いですよね。ああいうところは息がつまりそうな気がしちゃって。

時代的にはどのあたりになりますか？

後期です。元禄から幕末、それから明治の江戸と連続してる部分ですね。その後、日本が対世界になってきて、熊さん八っつあんですまなくなっていくので……。

資料としてはどんなものを集めてますか。

好きなのは実録ものや日記、随筆ですね。明治になってから旧幕府にいた人たちにインタビューしたものがあるんですけど、そんなのが一番面白いです。わりと気楽に生きてきたみたいな感じがするのが（笑）。市井の人たちの方に興味がありますね。町人で資産があって、っていう若旦那や、働かないで暮らせる人が一番好きなんです。

浮世絵っぽい絵や黄表紙風の絵を使ったりしてますね。その辺も好きなんですか？

北斎と国芳は好きです。人が描いてあるのが面白いので。北斎は風景の中で人が動いているのが多いし。

漫画っぽいのも多いですよね。

そうですね（笑）。人間自体にも面白いエピソードがあったりして、親しみが持てますね。

江戸ブームみたいなものについては……。

ブームはないよりあった方がいいですけど、よそのことみたいで。企業がそれに乗り出してくるのも、親日家の外国人みたいで変だし、かと言って江戸ッ子を持ちあげて

〝昔に戻ろう〟みたいのもいやだし、私、好みが難しいから（笑）、なかなか喜べませんね。

子供の頃は、穴掘りとプラモデルが好きだった

小さい頃、どんな子供でしたか？

庭で雑草をむしって植えかえたり、穴を掘ったりしてました（笑）。穴掘りがすごく好きで、毎日掘ってて、夜に父が帰ってきてその穴で足をくじいたり（笑）。目的はなくて、掘ってる時に熱中して、頭が空っぽになるのが好きだったみたいです（笑）。

その頃はどちらに住んでらしたんですか。

新宿です。と言っても、長屋長屋したところで、よくよその家にあがりこんでお菓子をもらったり、お茶づけを食べさせてもらったりしてました。一日六食ぐらい食べて回ったり（笑）。

穴掘り以外の当時の遊びというと？

小学校高学年の頃からプラモデルが好きで、よくタンクを作ってました。エンジニアになりたいって思ってて、マブチモーターを力の強いやつにかえてみたり……。本を重ねて山を作って、兄がアメリカ軍、私がタイガー戦車でやられる役とか（笑）。兄の影響が強かったみたいですね。初めて買ってもらった着せかえ人形が〝ＧＩジョ

ー〟でしたから（笑）。……大きくなったらジオラマを作るんだ、と思ってたんですが、まだ実現してないんですよね。

今でも続いてるわけですか。

新しいのが出ると買うんですが、組み立てる時間がないので、老後の楽しみにとってあるんです。

メカニックなものが好きなんですね。

反応が正直なので好きですね。私自身、機械油にまみれたいと思ってたから、映画でも「Uボート」観て「あんな機械の間にはさまって寝起きしてみたいな」って。その方面に進もうと思ったんですが、商船大はまだ女子を募集してなかったんですよね。

やはり、船がよかったわけですか。

大きくて重たいって感じがいいですね。だから、お相撲さんでも大乃国が一番好きなんです。

相撲は小さい頃から見ていたとか？

子供の頃はマス席によく家が招待されてたので……。高校ぐらいからは自前なので三階のスタンド席ですけど（笑）。

マンガはあまり読みませんでしたか？

学校で回し読みするのは楽しみでした。『アストロ球団』とか、『すすめ!!パイレーツ』『がきデカ』なんか面白かったですね。でも、お金出して買ったことはなかったです。買うのは図鑑が多くて。昆虫とか、いろいろと名前が覚えられるんでプラモデルの部品みたいな感じがしてました。

なるほど。それで、マンガを描くきっかけは何だったんですか？

大学やめた頃、時代考証の仕事をやりたかったんですけど、出来るまで十五年ぐらいかかるって言われたもんですから、その間何か仕事をしてなきゃいけないっていうんで、描いてみたんですよね。マンガのことをよく知らなかったので（笑）、描いてから投稿する場所を探したんです。でも合いそうなところがなくて……。「ガロ」は門戸が広そうだと思ったんです。一応美術系の大学だったから、絵とはそう縁遠くなかったんですけど、マンガを描いたのは、それが初めてでした。

でも「ガロ」一誌では、仕事としては……。

大学やめてからブラブラしてたら、親も「そろそろ何とかしなきゃダメだ」と言ってたんで、親の目くらましができればよかったんです（笑）。だからアルバイトしてました。

その後、商業誌に描き始めていかがです。

それまで何やっても長く続かなかったんですけど、もう七年も続いてますから、やることができてよかったなと思ってます。

夢は、働かないで食べることです

描くこと自体は、どうですか？

材料が、これとこれってあって、そこから組み立てていくのは楽しいんですけど、実際の描く作業はキライですね。「こういう絵を描きたい」っていう理想はあるでしょう。でも、そこに近づけなくて、それがイヤで、原稿を渡す時にガッカリした気分になるんですよね。

お話は常に考えてる感じですか？

資料を読んでる時は「面白いなあ」と思ってるだけですし（笑）。締め切りが迫ると、いろんなものが頭の中でつながって、いっぺんに出てくるような感じで……半ば無理矢理作っちゃうんです（笑）。あまり、クライマックスとかドラマチックとかってていうのは向いてないみたいなので、いつも考えてるということはないです。私は中・高校生時代、現国とか古文とか苦手で小説もほとんど読んでないんですよ。読んでたのはブルーバックスで、数学とか博物学は好きなんですけど、（マンガ家として）どこかでコンプレックスがあるみたいです（笑）。

でも、中間小説誌の仕事が多いですね。

小説読む人が買う本ですから、私のは、息抜きに読まれるページでしょう。だから気軽に好き放題やらせてもらえます（笑）。

仕事のペースはどんな感じですか？

一日十二時間ほとんど仕事してます（笑）。まあ、若いうちは一所懸命働いて、あと隠居してから遊ぼうと、その日を楽しみに……できたら、四十歳ぐらい、元気のあるうちに定年してもいいなーと思ってます（笑）。

時間がある時は何をしてますか？

ほとんどないですけど……オーディオをいじってます。やり出すと切りがないんですよね（笑）。

音楽は何を？

午前中はバロックでお昼ぐらいが室内楽、夕方が交響曲で、夕食後はロック、夜中は落語です（笑）。そういうプログラムだと一日の流れがよくて。

それぞれ、どんなのを聴くんですか？

クラシックは一時ブラームスにこったんですが今は特に……。ロックはピンクフロイド、イエスからクラフトワークとかのテクノっぽいのにいって、一番長いのはトーキングヘッズ。XTC、マッドネス、アメリカの方だとライ・クーダーやリトルフィート、クラッシュやPILも聴いてましたね。落語は、志ん生、文楽、三木助……喋りのリズムやムダ話がいいんです。

最後に、これからの夢を聞かせて下さい。

一番の夢は働かないで食べることです。本当は食べないですむと一番いいんですが（笑）。あと、絵がうまくなりたいです。イメージとのギャップが大きすぎるんで、もう少し……。

（聞き手＝米澤嘉博）

小町盛衰記（こまちせいすいき）

絶世の美姫・小野小町は転生する

ごあんない 杉浦日向子

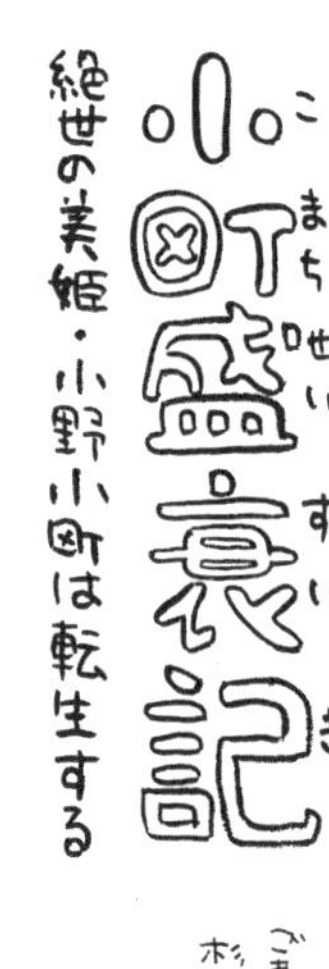

弁慶と小町は馬鹿だ
なあかかァ…なんつう川柳が
ございます 男子と生れて
御婦人のおきらいな
方はご一名もない
御婦人だってソウですな
男がなかった日には あのくらい
つまらないものはない（桂文楽「明烏」のマクラ）

※注一 雨風いとわず通う少将、雪の日にはさぞ冷えたでしょう との川柳

※注二 深草から小町の家まで四キロあまり はやる心にせかされて徒歩で通えば かなりアスレチックです 少将の墓は京阪電鉄墨染 欣浄寺、彼の木像なども有

※注三 小町の家は京阪バス小野 随心院のところ。ラブレターを埋めた文塚等あります。

ナニサ
知りィせん
おととい
来なんし
※注四
ただのオイボレではない。
肉体に反し、才気益々燥発
満願の百日目の夜に
精根尽きて焦がれ死に
チェ 残念な
※注五
老いた小町が卒都婆に腰かけて
いると高野山から来た坊さんが
その姿を怪しんで内容をしかけるが
小町は坊さんを逆にやり込めてしまう
最後にこの歌をうたい「むつかしの
僧の教化や」でトドメ、やるものです
高慢な美女が晩年流浪
の果てに野ざらしとなる
――小町伝説は教訓
などではありませんぞ
おごれるものはひさしからず
盛者必衰
恋の怨みは恐しや
少将の霊に憑かれて
小町は老衰零落
※注四
理屈っぽいババア
卒都婆に
腰を懸
極楽の
内ならばこそ
あしからめ
そとは何かは
くるしかるらむ
※注五
国貞画当世
卒都婆小町

驕慢な美女は零落し、野ざらしとなってしまいます。伝説は過酷です。

—在原業平が東下りをして、奥州八十島（宮城県古川市）に泊った夜、野の方より、「秋風の吹くにつけても阿那目々々（あな目痛し）」という和歌の上句が聞こえる。翌朝かの場所へ行ってみると、どくろがひとつ転がっており、その目の穴から芒が生えていた。芒が風に鳴り痛いというのである。

ある人が、そのどくろは流浪の果の小町であると教えたので、業平はあわれと

感じて、「小野とは言はじ芒生ひけり」と下句を付けた。そこは小野という所だったという……

　なんとも良い話です。かの色男業平は、主ある女との駆落に失敗しての傷心旅行で、かつて恋歌を交した小町と再会したのです。

　もちろん史実ではなく、説話も京の北、市原野とするもの、芒を抜くのも西行とするもの等あります。そして小町の墓さえ、全国にたくさんあるのです。

　私はこの「あなめ」の小町が大好きです。芒野を見たいなあと思います。

「桜の下には死体がある」というブンガクがありましたが、芒野には女のどくろが必ずあるような気がします。

――浮世の果はみな小町なり――小町はひとりの歌人ではなく、伝承の数だけ、芒野の数だけ在るに違いありません。

落語「野ざらし」の隠居をまねて、「野をこやす骨にかたみの芒かな、生者必滅会者定離、なもあみだぶつなむむだぶつ」と唱えて、ひょうたんの酒を芒野にまけば、夢枕に小町が昔語りをしはしまいかと思います。

老醜の伝説に加え、小町の死体が腐乱して白骨になるまでを描いた「小町絵」も全国の寺にたくさんあります。絵解き説教に使われる所謂「六道絵（地獄絵）」のひとつですが、ただの美女ではない、スサマジイ美女小町であります。

小町に振られた男達の怨念、女達の嫉妬を感じます。婀娜な小町を落とせなかった京の「風雅士」はやはり不甲斐ないし、あてつけにしてはコトが野暮です。

江戸のイナセな兄ィとなら、きっとうまく行ったであろうと残念に思います。

ともあれ生来、女は業の深いもの、美女とあればなおさらのようであります。

世の中にたえて女のなかりせば　男の心のどけからまし　蜀山人

Ⅲ びいどろ娘

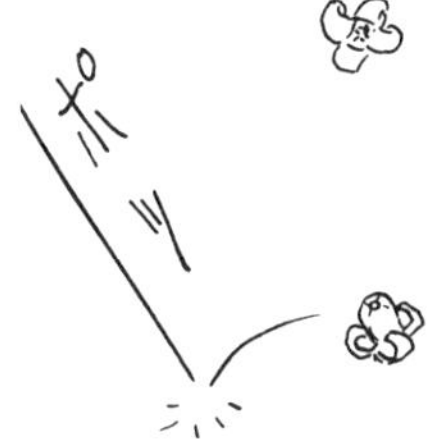

源内先生じたばたす

ああハイハイ、湿気った七味じゃあるまいし、ソウ滅法たたかずともいい。お入んなさい、イヤ、乱暴にしちゃ開きゃしない、当年十七のおぼこ娘だ、チョイと右肩を持ち上げ加減にして、優しく滑らしてごらん、ああ、急いぢゃ駄目だ、ホラ、取っぱずした。その戸を自在に開け閉め出来るのは、オレと紙屑屋の六さんだけだネ。毎月来る大家でさえ、はずしてばかりいるヨ。なんだい、こないだの仕事ならまだ出来ちゃいねえ。ええ、違う、アアん、溝浚（どぶさら）いの当番か、よんどころない用事で、イヤ、さぼるつもりは毛頭、違う、なんでえ、厭味な野郎だな、売れない絵草紙作者が、そねいに珍しいか、ぼろ家がそねいに面白いか、人間、ゴミ位じゃ死にやしないんだよ、モリ蕎麦は好きだが刻みネギは嫌いが悪いか、板ワサは指でつままなきゃ食った気がしないのは行儀が悪いか、エエ、大きなお世話だ。んん、え。源内先生。ああ、知ってるとも。遠くの親戚より近くの他人の間柄よオ。そういうてめえはなんなんだ、エエ、先生を敬慕してやまない者だとお、へへん、なあんだ詰まらねえ、たかが遠くの他人じゃねえか、ざまあみやがれ、良い気味だ。

変物だったよ。高慢ちきのえばりん坊で、世間の奴等を皆馬鹿者呼ばわりして、天上天下うぬばっかりが偉いんだ。いつも我がままが通らないと言っちゃあ、じれてじたばたしてたっけ。悟り切った世捨て人を気取ったつもりが、どうしてなかなかそんなんじゃねえ。いつまでたっても、だだっ子で、未練たっぷりで、生臭くって、俗っぽくて、大ボラ吹きで、寂しがりやで、無邪気だったなあ。一を聞いて十を知るの伝で、山勘だけで世渡りをしようってんだから、出鱈目の無茶苦茶だ。良く言やあ博学多才なんだろうが、ありていに言やあ器用貧乏てえんだろうね。何をやらしても玄人はだしにこなすけれど、結局「玄人はだし」てえのは、素人を褒める言葉じゃねえか。なんでも出来たけれど、なにひとつとして極め得なかった、つまり、物好きの道楽でしかなかったてえこったろう。道楽なら道楽と割り切って、己が一人の楽しみにしておきゃあ良いものを、見物衆の拍手喝采を無理強いするから、周りの奴等に煙たがられる。損な性質（たち）だ。負けず嫌いの強がりの見えっ張りでね。江戸っ子がってたっけが、先生の江戸弁は妙ちきりんだったね。着る物も随分と凝ってたらしいが、なんだかムジナが通人に化けて女郎買いに行くような形だったよ。下卑た言葉もたくさん知っていて、得意気に使ってたっけが、わざとらしくって、こちとらケツがムズムズするようで聞いちゃいられない。ありゃ、照れの裏返しさね。ほんたあ、田舎の物識り旦那で、のんびり世過ぎ出来りゃあ幸せだったんだろうに。よく毎日不平不満の種が尽きないと感心する位、いつも何かに憤っていたっけが、その愚痴が、ちっとも陰惨にならない所が凄いね。多分ありゃあヒバリの高鳴きと一緒なんだな。いい気なもんだ。ええ、なにむくれてんだ、先生のことを酷く言うだと、てめえが怒るこたあねえ、たかだか遠くの他人の分際のくせに。

　コウ、長キセルを斜に構えて、気取って煙を吐く。得意の恰好だ。先生の脇には、更紗模様の風呂敷包みがさりげなく置いてある。その中にはきっと、世にも珍しい発明品が入っている。「先生、それアいってエなんなんで」と、コッちが聞いて来るのを、今か今かと待っている。小鼻がピクついている。懐かしいなあ。相変わらず愚痴ってるかい、じたばたしてるかい。ああん、死んだ、人を殺めての牢死だ、おととい来い、べらぼうめえ、人の生き死にの冗談は下の下だぜ。どころか相憎とオレあ、今日の昼間、両国橋で先生を見掛けたんだ。いんや、離れてたっけが、見間違うもんか、確かに会ったんだ。「あめつちの手をちぢめたる氷哉」。へん、辞世の句だって。下手糞な贋作だな。萎（しお）らしくって、情けなくって、一寸（ちっと）も先生らしくねえじゃねえか。

写楽の時代

謎の浮世絵師・東洲斎写楽。とは言っても、写楽に限らず、プロフィールの明らかな絵師なんて、そう滅多にいるものじゃない。寛政期から幕末にかけて、増補改訂を繰り返した浮世絵史研究の労作「浮世絵類考」を見ればいい。そこに網羅された二百人を越える夥しい絵師たちは、本名、出生地、生年の不明な者が殆どで、没年が記されていれば良い方だ。世すぎをしていた仮名乗りの画号のあとには「其傳詳ならず」又は「其傳を知らず」とあり、「誰それの画風に似たり」「誰それの門人なるか」との推測を加えた一行足らずの履歴書は、戒名さながらである。

絵師ばかりではない。驚くべきことに、江戸の著名人の多くが、身元不明瞭なのである。血筋をやかましく言う武家方にしても、家系図が立派になるほど、猫が糞を隠す手つきに似て、胡散臭くなってくる。

江戸の魅力は、この匿名性にある。現世は仮住居、建前だけで世を渡る。虚実ないまぜ。元禄忠臣蔵の頃、大我和尚というひねくれ坊主が時代の空気をコウ詠んだ。「夢の世に夢の庵を結ぶ夢　醒めなば夢と見しも又夢」。偽造パスポートはあっても、誰もが本物の身分証を持たない。遊び人かと思えば大忠臣、ちんぴらかと思えば大謀臣、売女かと思えば姫君、女かと思えば男。隣のお夕ケ婆さんは、どうも狐の血筋らしい。夜、提灯なしでひょこひょこ歩くのを見た。お向かいの岩井先生は、河童から金創の軟膏を授かったそうだ。糸屋のミー坊んとこへ毎晩通う男は、後ろ影がないんだってさ。近頃腹が膨れて来たようだし、どんなのが産まれるやら。

混沌の街、渦巻く噂。どこかの国の、どこかの風景に似てはいないだろうか。

無から産まれ出て無へ還る。通り過ぎて行く、無数の匿名の群れの中で、何故、写楽ばかり何度も呼び蘇かされるのだろう。否、呼び蘇かされているのじゃあるまい。たぶん、奴は、ずうっとそこへ立ち続けているだけだ。腕を組んで、大カラクリの大芝居を飽かず眺めて、時を忘れているのだろう。何がそんなに面白いのか、側行く人々は、奴の視線の先を追わずにはいられない。

かくして、写楽、再び。何が見えるか。

宮武外骨　反骨と諧謔の権力批判

丸顔に小さい丸眼鏡、そり返った口髭、への字に結んだ口。その脳天はぱっかり割れて、癇癪玉を炸裂させている。

小野村夫こと宮武外骨が、主筆発行人となっている『滑稽新聞』誌上での「癇癪持ち七赤金性男」の絵姿だ。「天下独特の癇癪を経（たていと）とし色気を緯（よこいと）とす過激にして愛嬌あり、威武に屈せず富貴に淫せずユスリもやらずハッタリもせず」（宮武外骨自叙伝「予は危険人物なり」〔筑摩書房〕より。以下の引用も同じ）。これが、かれのマガジン・ワークの主義である。

小野村夫のペンネームは、讃岐阿野郡羽床村大字小野の出自に由来する。宮武外骨は本名。親の付けた名は亀四郎だが、十八歳の時、漢書中に亀は「外骨内肉」の一文を見て、周囲の反対を押し切って改名した。自ら「天稟天性の旋毛（つむじ）曲り」を以て任じ、「其のヒネクレ根性を一代の生命として居る」ヘンネヂ者と宣言する。明治から昭和にかけて活躍した反骨のジャーナリスト。同郷の天才畸人・平賀源内を敬慕し「明治源内」を名乗る。

＊

二十歳にして、大新聞のパロディ紙を創刊。いまから百年前のこと。以来、約七十年、明治、大正、昭和へと、衰えることなく、ユスリ、ハッタリ、詐欺、役人の不正、権力の腐敗等の「世にはびこる悪者共」に対し、執拗にねちっこく、相手が音をあげるか、こちらがへこたれるかの根比べを展開した。それも、あくまで、滑稽と諧謔を旨とし、過激なユーモアを武器にして。

「良く言えば天真爛漫、悪く言えば我儘勝手」。茶目っ気たっぷり、やんちゃで、無謀、かつ強引無比なる正義漢。

その気性を、自身「エーヂャナイカの性格」と分析する。生まれは慶応三年。折しも大神宮のお札が天から降ったのをきっかけに、阪神四国の民衆が向こう鉢巻き襷がけの草鞋穿きで、道すがらの富家へ乱入し、飲食狼藉をほしいままにした。世に言う「エーヂャナイカ」のただ中である。庄屋だった外骨の家は、日に幾組もの襲撃にあい、その都度、生まれたばかりのかれが踏み潰されないよう「ソリャ来た」と小布団にくるんで押し入れにしまう。この、物心つかぬ間のエーヂャナイカの洗礼が、「痼癪と色気もエーヂャナイカ、過激と猥褻もエーヂャナイカ、監獄行きもエーヂャナイカ（中略）といふ様な性格を作った」のではないかと。

＊

打たれ強いというよりは、相手が強者であるほど、むきになればなるほど喜々として食らいついた。外骨は、度々の筆禍により投獄される。待ってましたとばかりに「入獄記念碑」の絵を麗々しく誌上に載せ、「在獄日記」を生き生きと執筆する。出獄後、免罪祝いとして「石川島〈服役の監獄〉みやげ」を配った。それは獄中で使うメンツウ（汁器）と同型のワッパに「もッそうめし」のラベルを貼った、中身は本物のクサイ飯ではなく、赤飯を模した風流な上生菓子という洒落ッ気たっぷりのものだ。

なにせ監獄で体重を増やした男である。しかも薄くなった頭頂に新毛まで生えた。ふつう出獄時には二貫目（七・五キロ）ほどは痩せるという。「珍しい男ぢゃ。僅か二百目（七五〇グラム）にしろ監獄で肥えて帰るのはお前ばかりぢゃ」と、出獄の際、看守長に呆れられる。その言が気に入ったとみえ、誌上広告の体裁で「俗吏共メ　此の珍しい男を重ねて監獄へ打込みたくば何べんでも打込め」と煽る。まったく性懲りのない悪戯（いたずら）坊主だ。

＊

ところで、外骨の生れた一八六七年は凄い星回りで、同年生まれをざっと列挙すると、尾崎紅葉、斎藤緑雨、正岡子規、幸田露伴、藤島武二、夏目漱石、南方熊楠……、とゾクゾクするメンツが並ぶ。かれらの生きた時代が、どれほど刺激的だったかは、かれらの残した業績が語っている。

外骨は当時の世相を評し「今日の社会は腐敗の上に腐敗を重ね、堕落の下に又堕落して居るのであるから、普通平穏の忠告文メキたる事やアテコスリ位では其記事の効能が現はれない」とし「過激に痛酷に（中略）いつも俗吏が目玉を丸くする位の記事を載せなければ、社会の実益と自社の存立を計る事はできぬ、迫害を受けて牢死するも亦一興」とまでいう。しかし、その、腐敗して堕落した世間で、外骨の雑誌は八万部も購読されていた。現在のミリオンセラーの比ではない。時事ネタ雑誌では前代未聞の大快挙であり、いかに大人たちが世の動向に関心を示していたかがわかる。平成の世を、外骨はどう見るのだろう。外骨流の反骨を易々と擁す素地が、いまの大人たちに、どれだけあるのだろう。

外骨は五歳の時、川で溺死しかかった。「若し予が蘇生しなかったならば（中略）世は寂寞として聊か（いささ）サビシ味を感ずる事であらう」と述懐している。外骨のいない平成は、いささかサビシイ。

大いなる稚気

ある冬の日の、宮武外骨と前帝大総長・古在由直との問答がオモシロイです。その時、外骨六十四歳、古在前総長六十七歳、二人ともジジイです。

古「キミの性格は、良く云へば天真爛漫の男ぢやが、悪く云へば我儘勝手の奴ぢや」

外「そこが私のネウチであり又欠点であり、其我儘勝手な所が公私混同の男として有名なのでせう」（吉野孝雄・編『予は危険人物なり』以下引用は同様）

私は元気なジジイが大好きです。年寄でも老人でも爺様でも爺さんでもおじいちゃんでもない、ジジイこそ似つかわしいジジイが好きです。

葛飾の百姓を自称する北斎とか、唯我独尊の三田村鳶魚とか、タダのガンコジジイの内田百閒とかに愛情を感じます。

友人はこれをロジ・コン（つまり、ロージン・コンプレックス）と呼びます。

ここに外骨をまぜてしまうのは、いささかゴーインでしょうか。

なぜなら、『滑稽新聞』で風雲巻きおこしていた頃の外骨は、三十代から四十代にかけてのこと、ロージンどころか、バリバリの壮年（現代なら青年かもしれない）ですもの。

とは申せ、外骨独特の筆さばきの内には、既にジジイの風格が満ちあふれ、当時の写真を見ても、ちっこい丸メガネに口ヒゲ、撤退しつつある毛髪等、名誉ジジイに推挙するにヤブサカでない条件がうかがえるのであります。

ともあれ、外骨は、かわいい。

滑稽記者は自分で過激なり狭量なり肝癪持なりと打出して七赤金星(しちせききんせい)男の腕前を見ろと、高慢チキな事を云ふて居るのは、古今内外に例の無い事であると、イバッテしまう。

そして、

今日の社会は腐敗の上に腐敗を重ね、堕落の下に又堕落して居るのであるから、普通平穏の忠告文メキたる事やアテコスリ位では其記事の効能が現はれない（中略）社会の制裁力が弛んで居るだけ記事の筆鋒は過激に痛酷にやらねば迚(とて)も実効を奏する事はできぬ。いつも俗官が眼玉を丸くする位の記事を満載せなければ、社会の実益と自社の存立を計る事はできぬ、迫害を受て牢死するも亦一興であろうと、実にケナゲでもある。

このあたり「明治源内」を名乗るだけの気概を感じさせられます。本家・平賀源内は、自他共を刺し貫く鋭い筆鋒で社会を嘲罵し、ついには自らの毒に斃れ、牢死するのであります。

外骨も「威武に屈せず」よくたたかい、数度の入牢をしています。麻ヒモないの苦役で、手の平にシッカとアザをこさえてもいます。

けれども、源内の生涯には、どうしようもない暗さや痛みがつきまとうのに対して、外骨には救いを感じます。

たとえば「入獄記念碑」なぞというものを『滑稽新聞』誌上に掲載しているし、その「在獄日記」なるものも、イキイキとつづられているのです。

これは、外骨の生れ持った人柄なのだと思います。

外骨その人の魅力は、生半可ではない「大いなる稚気」にあります。

折り紙付きのジジイは、皆これを持ちあわせています。

単なる無方向の稚気ではない、機智あふれる稚気なのです。

『滑稽新聞』は、外骨とその仲間の機智あふれる稚気のカタマリだと思います。

外骨は当時を「今日の社会は腐敗の上に腐敗を重ね、堕落の下に又堕落して居る」

と嘆きましたが、どうしてソンナ捨てたモンじゃあありません。何てったって、『滑稽新聞』が八万部も購読されていたんですから。当時の八万部といえば、今日のン百万部にも匹敵する筈です。それだけ、世間にこの「大いなる稚気」が受け入れられていたとは、たのもしい限りではありませんか。

今現在の私たちの社会は、外骨の時よりも腐敗しているのか、堕落しているのかはわかりませんが、稚気が足りない事は実感できます。中流意識なんて、その最たるもんです。

さて、そこで、ものわかりの良い大人にだけはなりたくないと考えておられるご同輩の方々、どうやら『滑稽新聞』が効きそうです。

外骨も云っています。本誌は滑稽の弄用ではなく、滑稽の実用である、と。

八十年を経てよみがえった「大いなる稚気」これは、ぜひとも、ファッションに終らせず、日常の糧に取り入れたいものです。

世の中、元気なジジイやババアが闊歩すれば、ちったぁ風通しも良くなるように思うのです。明るい憎まれ口なら大歓迎です。

江戸の本　「江戸の微意識」森下みさ子

クスクスヒソヒソカサカサコソコソ、壁の向こう、襖の向こうから洩れて来る微かな話し声、気配に耳を澄ます。この本は、「江戸を盗聴する」という秘めやかな楽しみに満ちている。

怪談と猥談は、佳境に入るほど声が低くなるものだ。江戸は、怪と猥が跋扈した世紀である。おミネ婆さんは狐と人間の間に出来たんだと、どうりで毛深い、なんて話が日常としてまかり通っていた時代だ。古来より「聖人、怪力乱神を語らず」と言って、立派な偉い人物は、アヤシゲなこと（すなわち怪・猥の類）を話さないのだそうな。怪・猥大好きの江戸人は言う。「よき人はあやしき事をかたらずといへど、予がごとき愚なるは其たぐいにはあらじ」と。おいら聖人じゃなくって俗物だからよオ、アヤシゲ大歓迎だね文句あっか。江戸は又、俗物の世紀でもあった。聖人君子神仏を女郎買いの主人公に仕立て、その世俗に馴染まない野暮さ加減を指さして嘲笑した時代だった。

　だからこそ、ささやき声で語られる江戸が一番面白いに決まっている。天下晴れて、雄弁に語られる江戸など、聖人の説教程につまらない。息を潜めて耳を澄まそう。薄い壁や襖を隔てて、向こう側とこちら側で小さな笑いを堪える時、モウ、私達は気脈を通じ合った仲間だ。ここで、私達が盗聴する密談は、大きな企てでも、上役の悪口でもない。他愛ない女子供の、無意味なナイショ話なのである。作者はつらねる。「くすぐったさ、つたなさ、ぎこちなさ、あぶなっかしさ、未完成、未熟」「たよりない、おぼつかない、あやうげな、とりとめない」「ソーダ水のなかをのぼってくる泡のように、本来かたちをとどめることのないまま消えてしまうもの」。クスクスヒソヒソカサカサコソコソ。これらの、一見無力な微震が、毛細血管のように江戸の隅々を巡り、覆い、ひとつの鼓動を脈打っている。そして、そのカラクリに気付く時、生きている都市、江戸の肌の匂い、産毛の果て迄がありありと浮かび上がって来るのである。

自分風土記　東京都新宿区上落合二丁目

幼少年期をそこですごした。トタン葺の長屋で、大家が大工だから、台風の翌日には梯子引っ提げて雨漏りを直しに来た。いかにも古材の余りで片手間に拵(こしら)えたという掘建小屋、仮住居風の変な間取りのイイカゲンな家だった。表通り側の隣に共稼ぎ夫婦と姑、ウチは父母兄自分の四人、裏に独身の女子事務員が住んでいた。縁先に三歩半の中庭があり、イヌとチャボを飼っていた。茶の間には熱帯魚の大型水槽が四つもあり、紫色の照明灯とエアポンプの音に囲まれて、ちゃぶ台で夕飯を食べた。グッピー、スマトラ、ベタ、ネオンテトラ、いろいろいた。ジュウシマツやキンカチョウも飼っていた。毎年夏は、クワガタ、アメリカザリガニ、ドジョウ、タナゴ、トノサマガエルなどを友達と交換した。隣との庭の境にイチヂクの木があり、カミキリムシがいた。隅っこにはミョウガとユキノシタとドクダミを植えていた。ごちゃごちゃとたのしかった。

さのみ恨めしくもなし

今野圓輔と言う人の編纂した「日本怪談集」の中に、実話としてこんなエピソードが載っています。

……この坊さんは何回も幽霊を見た経験の持ち主だが、ひとりを除いて他はみんな足があった。そのひとりに、長く胸をわずらっていた娘がいたが、その葬式の後、食事をご馳走になっているさいちゅうに、娘の幽霊が小走りに坊様の方に走って来て突き当たった瞬間、ガーンという音を感じたと同時に、坊さんの前歯が一本折れてしまった……。

ヒュードロドロの効果音と共に、蚊帳に映した幻燈のごとく、朧(おぼろ)に浮かび上がるタイプの幽霊とは異なり、はつらつとして、いかにも元気です。思わず落語の「お化け長屋」を連想しました。おなじみの落語では、長屋の店子共が、新参の住人を追い出すために幽霊騒動を仕掛け、暗闇の中でさんざッぱら驚かせておいて、ウワッと逃げ出すところをサイヅチでポカリとやる訳ですが、やられる方はたまりません。「イヤその幽霊のげんこつの固いの固くないのッて、目から火が出た」。

三遊亭円朝作の怪談「真景累ケ淵」の「真景」は「神経」のシャレだそうです。幽霊も妖怪も、所詮身の内、神経から発するものだと言う、当時流行りの井上円了の説を一早く取り入れています。ざんばら髪、手を胸の前に段違いにダラリと下げ、腰から下はスウッと消え、弦の弛んだバイオリンのようなか細く震える声で「う〜ら〜め〜し〜や〜」ならばまだしも、坊さんの前歯をブッ欠くくらいエネルギッシュに登場されては「神経」なんぞと言う繊細かつ情緒的な説明では、些か役不足に感じます。「罪悪感」から生じる「因果応報」の幻影ではない、もっと「唐突な不可思議」というものも、確かにあるように思います。

子供の頃、落合の火葬場の近くの借家に住んでいたことがあります。古材で建てたボロ家で、手の届かぬ高さの柱や曇ガラスに見知らぬ落書きがあり、天井には絢爛たる百鬼夜行を思わせる雨漏りの染みが広がっていました。そうした抜群のロケーションで、期待を裏切らぬ程度の怪異は起こりました。そしてそれらは十分に「唐突」でした。

厳冬の夜半、父は時々吊り下げられました。一人で眠っていると、野太い男の腕で首根っこをつかまれ、ぐいと上へ引っ張られるのだそうです。そうなると父も足元の櫓こたつにしがみ付いて朝まで懸命に抵抗するから、大分くたびれたと言います。私の生まれる前の事で、そのうち向こうも父に飽きたのか、出なくなりました。

　母の所には、乳飲み子の手が訪ねて来ました。寝入りばなに、しっとりとした、暖かい、小さな手が、胸から喉元の辺りに、甘えるようにまとわり付くのだそうです。それが、手ばかりで、その他の体の部分は、全く感じられなかったと言います。これは父の所へ来た野太い腕の縁故関係にある手らしく、時期を同じくして、ふっつり遠のいたとのことです。

　私が遭遇したのは、もっと遠慮がちです。母屋と別棟の、ひとまたぎ程度の隙間の突き当たりに、姐さん被り、絣（かすり）にモンペの、ＮＨＫの朝の連ドラに出て来そうな、戦中か戦後のオバチャンがじっとこっちを見ているというものです。足も立派にあれば、透き通ってもいません。どう見ても、立体の、質量のある、人間です。ただ、着衣が余りに古風なのと、視線が、こちらを突き抜けて遥か遠くに及んでいる事が普通とはちょっと違っていました。そのオバチャンは年に一、二度現れましたが、ポーズも服装も、人型の立て看板のようにいつも不変でした。とくに悲しそうでも、恨めしそうでもなく、何の感慨も、これといった用事もない風でした。それと、自分の寝床の下に、壺が埋まっているという夢を、かなり頻繁に見ました。その壺は、直径三十センチ位、高さ五十センチ位の焦げ茶色で肩口に深緑のうわぐすりのかかった味噌壺で、中には骨（それが人間の骨であることを何故か知っている）がギッシリ詰まっているというものです。

たまたま家では犬と鶏を飼っていました。犬も鶏も「陽」の動物だから、彼等の「陰」を良い塩梅に中和して呉れていたらしく、犬と鶏の寿命が尽きるや、途端に彼等はズウズウしくなりました。夜中、留守番をしていると、ザワザワと集団で家の周りを廻りながら、しつこく部屋の中を覗くのです。これは厭でした。

昔を知る近所の人は、家の床下には古井戸があった筈だと言い、霊感のある人によれば、火葬場で焼かれた人の霊が、西の方へ行く折の、通り道の丁度真上に位置しているからいろんなこともあるだろうとの事でした。それでも日常生活に支障をきたすほどのこともなく、十八年余り暮らしました。その家も二、三年前に取り壊され、今は小奇麗なアパートになっています。

ラスト・ワルツから逃れて

　小学校六年から、二十一歳迄の十年間が、ちょうど七十年代に当たる。あの頃、なんであんなに、ロックを聞いたろう。寝ても覚めても、聞きたかった。いくら聞いても聞き足りなかった。聞いても、聞いても、聞いても、飢えていた。

　バイトをし、昼飯代をケチり、レコードを買った。輸入の廉価盤や、なるべく新古品に近い中古盤ばかり買った。国内盤の新譜二枚分で、三枚買えた。部屋へ帰ると即、テープへ録音し、レコードを封印した。中古屋に転売する時の事を考慮して、レコードは慎重に扱い、丁重に保管した（う〜、ケチクセエ、ナサケネエ）。

　国内盤じゃないと、たいてい歌詞カードが付いてないので、リフレイン部分しか歌えなかった。音盤のドレイだった中学高校の六年間は、殆ど同じ黒っぽい服、美容院いらずの三編み姿で通した。髪はやがて腰の下ハルカ伸び、トイレ時は肩に掛け、手で押さえなければならなかった。それでも、一枚でも多く、聞きたかった。

思えば小六の冬、初めて買ったレコードは、プロコルハルムのシングル「青い影」。LPは、サイケなジャケット（レナウンのイエイエ風）の、「カラフル・クリーム」だった。後のプログレのハシリで、当時のソレはアート・ロックと銘打っていた。ニイちゃんが「あれってスゴイよな」と、友達とヤタラ感心していたから、ムヤミに買ったのだ。小学校の休み時間は、モンキーズやパートリッジ・ファミリーの話題で盛り上がっていた。「ガキめ」とウソブイて、通学鞄から「ニュー・ミュージック・マガジン」（和製ポップスのニュー・ミュージックではなく、旧世代の音楽に対しての新世代の音楽を指した。いわゆるロック専門誌の中でも、最硬派だった）を取り出し、眺め（百点評価式のレコード・レビュー欄以外、チンプンカンプンだった）た。マセガキと言うより、陰気なセコガキだった。親の理解出来ない音楽、友達の知らないバンドに、つかの間イッチョマエの気分を味わった。約五年で、三百数十枚集め、内、半数近くは、二十歳前後のビンボーな時に、次々中古屋へ売って、食いつないでしまった。買い取り価格は、一枚五、六百円。毎日が、薄ぼんやりと霞み、あしたなんか、てんで真っ暗だった。

のっけに、クリームを有り難がった縁で、神様スロー・ハンド・クラプトンの敬愛するジェイミー・ロビー・ロバートソンを、その後迷わず、ご本尊と拝んだ。

ハッタリ利かせて斜に構えたアート・ロックと異なり、肉じゃがとかキンピラごぼうの匂いがした。テープが擦り切れる迄聞いた「ビッグ・ピンク」「ザ・バンド」、そして「ロック・オブ・エイジズ」。肉じゃがとキンピラを黙々と頬張って、暗い日々をやり過ごした。懐かしくもなんともない七十年代。ちっとも帰りたくないあの頃。

あの頃の葬送歌、「ラスト・ワルツ」。ドクター・ジョンがかすれ声で「さっちゃない」と唄う辺りで、決まって部屋が歪んで、あの頃へワープする。抜け出たつもりが、今もまだ、あの闇の中なんだ。…Such a night、埒ァ無い……。

ナント、生きた甲斐がするじゃアないか。

いつも一緒のステレオ「ステ子」

「どうも不精で困ります」。はじめてのお客様に対しては、コウあいさつをします。実のところ、ちっとも困ってはいないのですが、集団空巣にでも遭ったような、不穏な部屋の様子に、無駄な心配をかけてはいけないので、ソウことわっておきます。

オシャレもインテリアも、要は、衿垢のつかぬモノを着、雨露しのげればそれで良し。商売道具だから、資料は売る程あるけれど、それとて大切にする訳じゃなし、紙魚とゴキブリの遊ぶにまかせています。

物に対する愛情が薄いのじゃないかと思います。鉢植えは枯らす、小物はこわす、器は割る、文房具はなくす、しまった物は忘れる、しまわぬ物はホコリにまみれる。

ともあれ、湿気とカビだけは、あまり好きなほうではないので、毎日窓や戸を開けて、風通しには気を使っています。この、律儀な日課のため、黄砂の日などは、部屋中がザシザシとなってしまいます。窓ひとつ開けるにも作法があるようで、無精者にはなかなか伺い知れぬことであります。

　かくのごとき私にも、唯一、愛情を感じるモノがあります。それは何を隠そう（隠したこともありませんが）ステレオです。

　六畳間の作業場には不釣合なほど堂々とした装置（ステレオ）に目を留めてくださるお客様は、まわりがゴミの山だけに感慨を深めると見え、さほど機械にくわしくない人でも「立派なステレオですね」とほめて下さいます。

「立派」とはもちろんお世辞で、そんなに大した機種ではありません。が、私の生活規模、すなわち「間尺（ましやく）」には、これで精一杯というところです。満足しています。もっとも、マッキンで４３４５（ＪＢＬ）を鳴らしてみたいと思わぬこともないではありません。が、所詮、そんなことは、ワンルームでグレートデンを飼うが如き愚挙、と心得ております。

　そして「立派なステレオですね」「ぐっふっふっふ」「何をお聴きになるんですか」と来ます。これが実に困ります。何を――と問われて「は、ビバルディとモーツァルトを少々」と答えれば良いところ「ははあはは、まぁ何でも、何でもいいんです……」では相手方ががっかりします。けれど、正直に言うのも億劫です。

　ソースの棚はメチャクチャです。グールドの横にＰＩＬ、隣に聖子ちゃん、ガーシユインありビル・エバンスあり、江差追分に沖縄民謡、佐藤千夜子、ブラームスに文楽、志ん生、ヒューイ・ルイスにパガニーニ、野鳥の声……。

ウチのステ子（ステレオの愛称）も大変です。いろんなモノを唄わされるのですから。

大まかな気分というのはあります。早朝バロック午前室内楽昼シンフォニー、おやつから夜までバラエティタイム、夜中落語。つまり、ウチのステ子は、私が目を開けている間中働いています。かわいい奴です。

できるだけラクーな気持で仕事をしたいと願っています。眉間にタテジワならば、描かずと寝ていたほうが良いのです。描くからには「おだやかな気分」をエネルギーとして、過不足なくペンを動かしたいというのが、私にとっての最高のゼイタクです。思っているだけで、ソウはウマク行きませんが、その気分を多少なりともコントロールしてくれるのが、ウチのステ子なのです。

私の雑な取扱いにも、ホコリっぽい部屋にも良く耐えて、いつも素直な良い声で唄ってくれます。

昼間のバラエティタイムには、たいてい私は大きな声で唄いながらペンを動かしています。〽ひぃとぉめぇみーたーとーきーすっきになったのよぉーなぁにーがなぁんだーかーわっからないのぉよぉー。はっきり言って、私は音痴です。ステ子とのズレが自明のこととして感じられます。

やがて声が枯れてくる頃、落語タイムとなります。春の文楽、夏の志ん生、秋の三木助、冬の可楽、同じクスグリで毎度笑い、ホロリとします。落語は夜の仕事に実に良いのです。一言も聞きもらすまいと机にかじり付くから、思いの外ペンが進みます。

このようにして、ステ子との同行二人で毎日暮らしています。

たまの休日には、ステ子の好きなピアノかチェロの無伴奏ものをかけてあげます。ウチのステ子は本来小編成のクラシックが得意なので、こういうものをかけると、のびのびと気持ち良さそうに唄います。そういうステ子を聴くのも、又、ひとときの安らぎであります。

散歩礼讃

晴れた休日は、散歩がいい。

とりあえず、思いたったら、ポケットへ、ありあうこづかい銭をねじこんで、あてどなく歩きだす。気分は即席エトランゼ。

いつも曲がったことのない角を曲がり、いつも通ったことのない路地を通り、いつも入ったことのない喫茶店に入る。いつもはなにげなく通過していた「近所」の細部を、旅人の眼で探検する。これがけっこうたのしい。ポケットの片方に、ドライタイプのペットフードをひとにぎり仕込んでおくと、路上のネコや、広場のハトや、池のカモと、ほんのひとときき近しくなれる。

散歩はなにより、さしあたっての目的がないところが、いい。いわゆるウォーキングとはちがう。ウォーキングは、ジョギングの一種で、健康増進のため、あらかじめ想定した距離とコースを、それなりのウェアと靴を装備のうえ「せっせ」と歩く。散歩は、寝転んでテレビを見ていたそのままのなりか、手近な上着をはおって、玄関に出ている履物をつっかけて行く。そして散歩は、ふつうに移動するために歩く「てくてく」より、多少緩慢に「ぶらぶら」行くのが、テクニックだ。「せっせ」というのは、なにがしかの利を得るための行為であるから、どうしてもビンボ臭い。無欲のあゆみこそが散歩というもの。がしかし、「ぶらぶら」が「だらだら」、さらに「うろうろ」になると、たんなる怪しい徘徊者に見えるので注意が必要だ。

散歩の途上、車の入れない細い路地に行きあったなら、ぜひとも覗きたい。子供の姿がよぎれば、近道、抜け道の可能性が高い。ひとの庭先をかすめて、塀の隙間をくぐり、見たこともない風景、あるいは、懐かしい自分に、つかのま出会えるかもしれない。

旅は、いつもの日常の中、半身を起こしたときにはじまる。ぶらぶら、散歩。近所を旅しよう。

東京自慢

その昔、「江戸自慢」といって、江戸っ子は、自分の街が繁華なことを、一番の誇りとした。吉原、芝居町、魚河岸には、日に千両ずつ金が落ちるとされ、毎日数千両の小判が、お江戸を回るのだと、鼻を膨らませた。そんな手前たちは、九尺二間の裏長屋、親子三人川の字、月一両内外の生活費で、その日暮らしだった。

古くから町衆の文化が栄えていた上方の人には、そんな江戸自慢が、子供っぽく騒々しく映ったらしい。朝な夕な、どこでも人だかりがあるのには驚くが、地物の細工が雑で、特筆すべき銘品名作はなし。あるとすれば、他の土地より移り住みし名人の手によるものなり。

東京の新名所、新丸ビルと六本木ヒルズは、今の「東京自慢」の象徴なのだろう。前出の上方人と同じ感想が漏れる。東京の欲望は見えても、希望が見えてこない。

もし、二百年前の江戸の友人が、ひょっこり東京を訪ねて来たら、と思う。どこに案内するだろう。

まず、日本橋が高架下になったのを見せ、皇居のお堀端をちらり横目に、上野に出る。パンダとか恐竜の骨格模型を素通りして、浅草へぶらり。蕎麦屋で一息ついて、合羽橋や浅草橋の問屋街をひやかすのも面白いが、両国へ出て、墨田川。やっぱり水辺がいい。川に併走する、いかつい首都高速道路を、友人はいぶかしく見上げることだろう。かつて江戸の物流の大動脈だった墨田川は、遊覧船がちらほらするばかりで、一反の帯のようにしとやかだ。それから向島、本所、深川。勝鬨橋を渡り、築地市場へ。近くの立ち呑み屋で、冷やをきゅっと。

暮れたら、ウォーターフロントの眺めの良いバーへ。東京タワーと、ビル群が、闇を埋め尽くす盆灯籠。

江戸と東京。江戸は繁華を謳歌したが、東京は繁華に潜伏して暮らしている。手の中の細長い偏平な箱を叩いて人を呼び、その小さな窓で、繋がりあっている。人は皆、遠くを見る目付きをして歩いている。

なんだか、ちょっと、せつない、「東京自慢」。

びいどろ娘

「びいどろを逆さに吊したようないい女」、と江戸の誉め言葉にある。略して、「ちょっと見ねえ、どろびいだ」と言う。

びいどろとは、江戸庶民に親しまれた「手吹きガラス」のことで、多くは、金魚玉（ヨーヨー形をした小型の金魚鉢）か、ガラス風鈴として作られ、広く流布していた。そして、びいどろを逆さに吊すといえば、盛夏、浅草寺「四万六千日」のほおずき市で、青いほおずきに添えられる、江戸風鈴のことが第一に連想される。

手吹きのためふっくらとし、それに描かれる彩色の図柄は愛嬌たっぷり、カラリコロリと涼を誘うとりとめのないおしゃべり、透き通るすべらかな肌。なるほど、びいどろを逆さに吊せば、江戸ッ子垂涎のおきゃん美人、すなわち「どろびい」となるわけである。

脂粉塗り込め、櫛目鮮やかな高島田に、とろける飴色のべっ甲を挿し、金銀砂子の刺しゅうの友禅をまとい、香を薫き込めた奥座敷に正座する、上方の深窓の令嬢とは、だいぶ様相が異なる。

江戸娘はスッピン自慢。素肌は朝晩、米糠で洗う。殊におでこを念入りに、ぴかぴかにする。なぜなら、額は女性のセクシー・ポイントと信じられていたからで、茹卵を剝いたような額は、Tバックより強力な武器となった。自信のないコは、切り前髪といい、前髪を眉の上で短く揃えたが、そんなヘアースタイルをしていれば、ボーイフレンド要りません、と宣言しているも同然だった。丸ぽちゃつやつやに磨き込まれた素肌は、男の子が顔を寄せると、彼の目玉が映るくらいを理想とした。そんな、どろびい娘は、スッピン、洗い髪に浴衣がけ、素足に下駄、路地の縁台に浅く腰掛け、片手の団扇で舞い寄るヤブ蚊と、野郎どもを撃退した。

私は、江戸びいどろのグラスでビールを飲むのが夕暮れの愉しみだが、柔らかく滑らかな肌合いを唇に感じる度、江戸娘の頰に接吻しているような気になるのは、ひそかに照れる瞬間である。

あなたも「そば屋」デビュー　おとなの憩い入門

憩いの場、発見

三十過ぎてからこの世界にめざめました。もちろん子供のころからおそばは好きでしたから、週に一、二度は食べていたかと思います。おそば屋さんにも行く機会はたくさんあったんでしょう。でもおそば屋さんが、「おとながちょっとした暇をみつけて憩う場所」である、という発見をしたのはちょうど三十歳くらいだったでしょうか。

ものごころついてからの最初のそば屋体験は多分、浅草の並木藪蕎麦だと思うんです。幼稚園に行く前くらいから、祖父に連れられてよく行きました。ある日たまたま仕事で浅草へ行ったときに、並木藪蕎麦の前を通りがかりました。そういえば「おじいちゃんが昼間からここでよくお酒を呑んでたなあ」と思い出して、ちょっと寄ってみよう、と店に入ってみたんです。そして祖父と同じようにお酒を頼んでみました。

お酒を注文してみたのは初めてだったんですが、昼間からお酒を呑んでみたらとてもおいしくて、もうやみつきになってしまいました。祖父が導いてくれたんでしょうか。それが「おとなの憩い」の発見のきっかけでした。

もともとお酒が好きだったのですが、若いころは好きといっても付き合いで飲むことが多く、自分で積極的に飲みたいと思うことはなかったんです。やっとおとなになったかなと思える年代にさしかかって、お酒のこういう楽しみを理解できるようになりました。でもなかなか気軽にお酒を楽しめる場所はないですよね。女性が暗くなってから一人で呑んでいる姿というのは、なんだか寂しくみられてしまいますし、居酒屋さんでは、自分は平気でもまわりのお客さんが気にしますから。

唯一そういった雰囲気がないのが、おそば屋さんなんです。

おそば屋さんって自由自在なんですよね。その日の気分でお店を選ぶこともできるし、時間帯を選ぶこともできる。お料理屋さんのように、「おまかせ」だけ、ということがないので、好きなものを少しだけ食べることもできる。どこかにでかけたときに、気が向いたらちょっと寄ることができて、あまりお財布を気にしなくても大丈夫。気楽な救世主なんです。町のなかでの止り木、ほっとひといき、そういう空間です。

私は甘いものが苦手なんですけれど、甘いものが好きな人ならそばぜんざい、そばしるこ、そばまんじゅう、と甘いものもたくさんありますから、甘党の楽しみ方もできます。

「そば屋道」開眼

私の「おそば屋さんで憩う」経験の原点は最初にお話ししたように浅草ですが、それから「そば屋道」に開眼して、初期の頃は名店、老舗を調べてしらみつぶしにどんどんまわりました。わざわざ時間を作っておそば屋さんめぐりをしていました。いわゆる「マイ・ブーム時期」ですね。今振り返ってみると、とても恥ずかしい時期でした。知らず知らずのうちに、あちらよりこちらのほうがおいしいと、ランクづけをしようとするおこがましい気分に流れがちだったんです。それを過ぎてからは、気持ちも楽になりました。そのあとはおそば屋さんを自由に使いこなせるようになりました。今ではどんなおそばもありがたいし、いとおしいですね。駅の立ち食いから、名店のこだわりまで、そのときどきでおそばに出会うと嬉しいなと思えるようになりました。

最初は女性ひとりではお店に入りにくいかなと思われるかもしれません。でも実は女性がひとりで行く場所としては一番おすすめです。日本酒党の女性はたくさんいると思いますが、おそば屋さんではお酒の楽しみ方、飲み方をじっくり修業できます。銘酒をそろえるおそば屋さんも増えていますから、シンプルな食べ物で、お酒をじっくり味わうことができます。とても贅沢な、おとなのひとときですね。

お料理屋さんのコース料理や料理自慢のお店だと、料理が主で、お酒は料理の付け足しのようになりますが、おそば屋さんでは両方が五分五分で、いい勝負をしているんです。お料理やお酒をチョイスして注文している自分が主役になれます。グルメ本にでてくるようなお店では、お店が主役の場合のほうが多いですよね。おそば屋さんでは主役は自分。どんなつまみを頼んで、お酒を何、おそばを何にするという組み立てができる、そんなゲーム感覚も楽しめます。

おそばが好きになると、お店でのたしなみも気になるようになります。そばは香りを楽しむものなので、香水をつけない、または香りの強いものは避けるということ。あまり大挙しておしかけない、ということ。最低そんなところには気を配りたいですね。誰かと行くとしても二、三人が限度でしょう。私は最初から一人でも大丈夫でしたけど、最初から一人で行く勇気をもつのはなかなかたいへん。最初二、三人で行って試してみてから、一人で入ってみる。慣れてきたらなるべく早くお店の雰囲気に溶け込むことです。

おそば屋さんのご主人はこだわり系の方が多いので、わからないことは何でも聞きましょう。注文するものが決まらなかったら、おすすめを聞いたり、食べ方がわからなければ尋ねたり、と。

私ははじめにお酒を注文して、つまみを一品、そして最後にせいろで締める、というスタイルが多いですが、それぞれ好みがありますから、場数を重ねることによって、好きな食べ方を探せばいいと思います。難しいルールはありません。

老舗でデビュー

女性の「そば屋デビュー」には、やはり老舗がいいでしょうね。ある程度席数の多いところで慣れてから、こだわりのこぢんまりとしたお店にチャレンジするといいと思います。たとえば浅草の並木藪蕎麦、神田まつや、それから茅場町長寿庵は「そば屋デビュー」にうってつけの名店です。まつやは五時以降は混みますから、五時前に行って良さを味わっていただきたいですね。長寿庵は席数がたっぷりありますし、つまみも豊富です。この三店で江戸前のおそばというものがどんなものか学習できます。

江戸前のおそばは、のどごしがよくてさらっとしていて、お酒をおいしくします。お酒のことを「そば前」といいますが、おそばを食べる前にちょっとお腹にいれておくと、さらにおそばがおいしくなる。おそばとお酒がセットになっている食べ方が江戸前なんです。おそばでおなかをいっぱいにする、というのは粋じゃないんですね。この三店をおさえると、おそば屋さんデビューは完璧だと思います。その三店に一人で通えるようになったら、もう少し規模の小さい手打ちの店を探してください。最初はガイドやくちこみを頼りに、自分の嗅覚をあてにしてたどりつくことです。

人によって好みがいろいろ違いますから、どのお店がおすすめとはいちがいにはいえません。試行錯誤して、失敗してみてください。失敗をかさねると、自分の好みはこうなんだ、とわかると思います。いいお店はたたずまいを見るとわかります。こぢんまりしていて、めだたないようにしてます。ショーウインドーもなく、のれんもひっそりしている。そういうところはまずまちがいないですね。

おそばは東京でいうと、並木系、更科系、藪系、という三派にわかれますが、いろいろお店を回って好きなお店を見つけるとだいたいそのなかのどれかの系列のお店であるということがわかってきたりします。おそば屋さんは無数にありますし、軒数を重ねてもお財布が痛むものでもないので、いっぱいチャレンジしてみることです。最初から一番いいものにであってしまうとかえって不幸ですよ。

常連になろう

最高の憩いは近所のおそば屋さんで、毎日でも通えるお店です。わざわざ電車に乗って、車を飛ばして、というところにしか名店がないのでは毎日の生活にとってさびしいことです。徒歩、自転車で行ける範囲内にくつろぎがあると、日常も楽しくなります。職場の付近でもいいし、自宅の近くでもいいし、とにかく探してみましょう。

味だけが大切ではないのです。お店の雰囲気が落ち着ける、お店のひとの笑顔がいい、そういうことだけでもいいと思うんです。味だけにこだわるのはおとなではありません。

いかに自分がくつろげるか、憩えるか、そういう空間をたくさん確保できることがおとなの第一歩だと思うんです。それが鰻屋さんだったり、お寿司屋さんだったり、人によってなんでもいい。私にとって身近だったのはおそば屋さんなんです。

いろいろなお店の情報を仕入れて詳しくなるのも、楽しい一段階なんですけれども、結局は馴染みの店を何軒もつかということが勝負です。常連にならなくては味わえない楽しみ方が無尽蔵にあります。とにかく常連になる、これを心がけると、自分の日常がひろがります。常連ならではの楽しみ方のこつ、たとえば何時にくればすいていてゆったりできるかなど、お店で憩ううえでのたしなみがわかってきます。

そのためにはやはり繰り返し通うことが大切です。名店を百店知っているよりは、常連としての店が五店あったほうが、おとなの憩いを追求するうえでは粋なのです。

（談）

Ⅳ 江戸「風流」絵巻

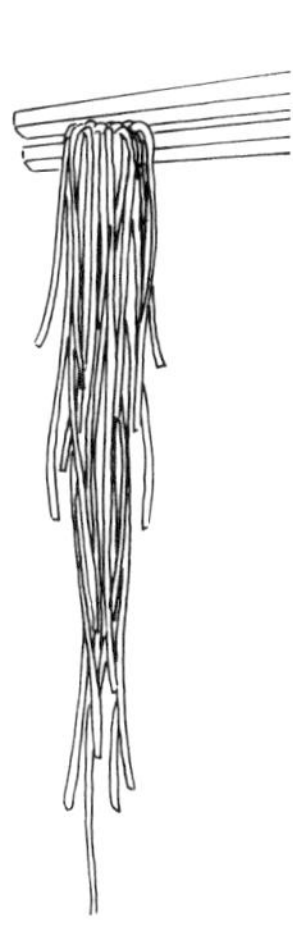

浅草寺、仲見世辺り。

浅草へ行く日が、わたしの休日だ。オフの日に浅草へ行くのではなく、ウィークデーで、たとえそれが仕事の最中や途上であっても、浅草界隈をぶらっとしている自分のスイッチは、オフ側にパチリと降りている。だいたい、雷門の大提灯ときたら、まるで、日めくりの日祭日の真ん中にどんとある赤丸そのものではないか。浅草に平日はない。

そぞろ歩く路上に、いろんな音がまじっている。演歌、競馬実況、アイドル歌謡、ラップ、民謡。いろんな匂いがまじっている。ヤキソバ、おでん、もつ煮込み、焼鳥、せんべい、人形焼。いろんな色がまじっている。黒白、原色、蛍光色、ラメ、スパン。いろんな人がまじっている。老若男女、観光客、外国人、貧乏人、金満家、師匠、頭（かしら）、先生、マスター。そんなのがごちゃごちゃに、浅草の景色にまじっている。そこにいる自分も、いつしか溶けて、混沌にまじっている。そしてゆるやかに無感覚になる。

いまわのきわに、来し方の無数のシーンが脳裏にフラッシュバックするさまを「走馬灯のように」というが、浅草は大仕掛けの走馬灯だ。雑踏の中、ふとなつかしい死者の面影とすれちがった気がして振り返ることもある。誰からか幼いころの渾名を呼ばれた気がして立ち止まることもある。休日とは、彼岸と此岸に橋の架かる赦免の日ではないか。夕まぐれの浅草を歩くと、いつもそう思う。

クロや

クロとの出会いは、昨年の二月十五日。銭湯の裏庭の、古タイヤの中に寝ていた、真っ黒けの子犬。七匹兄弟の内、六匹は里親が定まり、最後の売れ残りの一匹だった。

マンションから引っ越して、雀の眉間程の庭がある家住まいとなり、念願だった犬を飼ってみたくなった矢先、近所の銭湯の番台に「子犬生まれました。かわいがってくれる方もらって下さい」との張り紙を見た。添えられた写真には、白や薄茶色のマシュマロを並べた中に、ぽっちり那智黒のゲンコツが交じっていた。

「あのう、子犬、見せてもらえますか」

洗い髪の水気を取りつつ、待つ事しばし。小学生の娘さんの懐に抱かれて、那智黒がやって来た。

「ごめんなさい。モウみんな決まっちゃって。後これ一匹なんです。…黒いし…メスだし…、やっぱり駄目でしょう…」

番台の上から、おかみさんが言う。一週間後の、二月二十二日に引き取りにくる約束をして、帰る。

一月十一日に生まれたと言うから、二月二十二日にもらえば、ゾロ目続きで、収まりがいい気がした。

ひと目見た時から名前はクロ。迷わなかった。狂犬病予防注射に、獣医へ行った時、受診票を一瞥するなり、

「ええっ、クロ。もっとちゃんと名前つけてあげなくっちゃあ」

と説教された。大きなお世話だ。真っ黒な犬は、どこへ引っ張って行っても「あらクロちゃん」と声を掛けられる。なまじ、エリザベスだのカルバドスだの、凝った名を付けた所で、外へ行けば否応無く「クロちゃん」なのだ。普通の犬なら、本名とワンワンの二つ名の所、黒犬だと、本名、ワンワン、クロちゃん、の三つ名となる。いたずらに、混乱を招くより、先手必勝、クロとするのが思いやりだ。決して、おざなりに命名した訳ではない。

那智黒ゲンコのクロも、あっと言う間に満一歳となり、公園のベンチに座り、肩を組んで夕日を眺められる位に、でかくなった。毎日、朝晩二度、一時間ずつ散歩する。犬の体内には時計があるらしく、朝八時、夕四時、五分と違わずワンワン催促する。早起きとウォーキングの敢行で、めっきり食欲が増し、クロが来てから三キロ太り、

体力も付いた。以来、日頃不摂生で胃弱に悩む御仁には、犬を飼うことを、強くお薦めしている次第である。

なんかおいしいもの

先月、行きずりの宿坊で食べた朝飯がとてもおいしかった。「一汁一菜」の見本、飯に味噌汁、沢庵に海苔。ありがたい法話の後に、これを一分半でかっこむ。うまい。この簡潔さに、早朝の空気と、異郷の風景が、三位一体の旨味となっている。「うひゃあ、うまい朝飯だ」と、しみじみ満足した。

小学生のころ、玄関にランドセルを放り出して、薄暗い台所の鍋からつまむ煮物の残りがとてもおいしかった。左手に蓋を持ったまま、菜箸で不器用に里芋を突き刺す。その後、おひつの冷や飯を、蓋を半分開けて、右手を滑り込ませて、一口分つまんで頬張る。これが又、得も言えず、うまい。

なんとなく、くすんだ気持ちを紛らわしたくて「なんかおいしいものでも食べたいねえ」とつぶやいてみる。こんな時は、胃袋が空な訳じゃないから、十万円の三ツ星のフルコースディナーも、部活帰りの五十円の肉マンには勝てないのである。「おいしいといわれているもの」が結婚だとすれば、「なんかおいしいもの」は、たぶん恋だろう。

雄大な自然の中、愛犬を連れたカヌーの上で食べる「チキンラーメン」は、ほんとうにうまそうだ。でも、景色と愛犬とカヌー付きのチキンラーメンはどこにも売っていない。しかたがないので「なんかおいしいもの」を食べたくなったら、とりあえず、レストランガイドを投げ捨てて、山で握り飯にかぶり付いて来ようかと思う。

かどやのあんぱん

かどやは、仙台の、小学校の裏の路地の、角にある小さなお菓子屋です。袋もののポテトチップスやチョコレートがごちゃごちゃと並ぶ、どこの街角にでもある、見過ごしそうな、ありふれたお店です。ところがそこには、一度食べたら忘れられない、夢に見る程うまい、あんぱんがありました。

かどやのじっちゃは、去年の暮れ、三十六年間甘党のしあわせを焼き続けた竈を閉じました。

それ迄ずっと、じっちゃは、暗い早朝から、あんを仕込み、ぱん生地を練り、竈に火を焚いて、幼児の握り拳のような、柔らかくむっちりとした、愛らしいあんぱんを拵(こし)らえ続けました。そのあんぱんを、ばっちゃが、おいしいよ、ほんとうにおいしいよと言いながら包んでくれ、客は、花束を抱える乙女の如く、頬をバラ色に染めて大切に持ち帰りました。それは、じっちゃと、ばっちゃと、客の、それぞれの想いが、小さなあんぱんとなって、手から手へと伝わって行く、温かな風景でした。

かどやのあんぱんを口にしたのは、去年、仕事で仙台に行った時の事でした。あんぱんを食べる為、又、仙台へ行こうと、そればかりを張り合いに、日々を暮らしている内に、花の色は移りにけりないたずらに我が身世に降る眺めせしまに、となってしまいました。ただ、一期一会、仕方のないものです。けれど、じっちゃとばっちゃの、はにかんだ笑顔そのまんまの、あんぱんの記憶は、私のＤＮＡにしっかり刻み込まれました。

大の字ビール

春夏秋冬三百六十五日、飯を抜く日はままあれど、ビール欠かしたタメシなし。ビールが好きだ。朝昼晩、職前職中職後、戸外密室座席移動中、いずれに於いても苦しからずや。甘いの辛いの、軽いの重いの、氷点下熱燗、なんでも来い。馴染みを感じて、指名を重ねる銘柄も、無きにしもあらずだが、来るものは拒まず、その時その場の、巡り合わせに感謝するのみ。

いつでもどこでも嬉しいが、やっぱり、休日のビールは格別だ。眠りたいだけ眠って起きて、雨戸と窓開け放ち、パジャマで新聞見て、冷蔵庫へ。あー、こんな時の為に、小瓶を買っとくんだった（大瓶しか常備していない）。ほんの一杯、喉を潤せれば良いんだけど。ま、いっか。余ったらブロック肉でも茹でよ、と、大瓶スポン。結局肴もなしに、テレビ見つつ一本空けて、布団にもぐり込み、昼過ぎ迄、ぐずぐず。それから、ゆるりぬる湯へ入り、湯上がりに、冷やしトマトで、又、一本。空腹なら、塩むすびをこしらえて、ベランダで、きゅうりを丸のまま、味噌を付けてかじりながら、頬張る。濡れた髪が、風に吹かれ、極楽の門番の心持ちで、地上を眺める。まだ、パジャマ。それから、畳で座布団枕にゴロゴロ、好きなだけ本を読んで、夜。冷や奴に丸干し、空腹なら、焼きむすびでもこしらえて、一本。貰った珍味があれば、もう一本で、パジャマのままに夜は更ける。翌朝は、パジャマを脱いで、地上の労働者。ナニ、憂うるなかれ、労働後の一本も、また、嬉しからずや。

ここで、余談（全文余談なのであるが）。

人は皆、聞くだにおぞましい、と、厭えども、自分は、結構、燗をしたビールと言うのが好きだ。風呂を沸かす時に、湯舟に一本沈めて置いて、一緒にあったまり、湯上がりに、そいつで一献。人肌のビールを、寿司屋の茶碗にボクボク注ぎ（グラスや、瀟洒な磁器茶碗は絶対似合わない）、細かく刻んだ古漬けの香こを冷水でさっと揉んで（燗ビールにはこの古漬けが最高だ）、備前の皿に、尖り高く盛って、醤油をひとたらし。煤竹の箸先に、つまみつつ飲む。古漬けがなければ、潮吹き昆布か、粒山椒、ケッパーなどを、ちまちま猪口に盛っても楽しい。うまいんだな、これが。しかし、人には、断じて薦めない。勝手に、試して、苦情を言われたくない（以前に「えらい気色悪かったぜー、ションベン飲んでるみたいでさー」とホザかれた事がある。バカヤロー。一度だって、薦めやしなかったじゃないか）。私には、ウマイ。それだけだ。

ビールが体に入ると、蕨やゼンマイの穂先が、するするするとほどけて行くように、手足や気持ちが伸びて行く。髪の毛や爪迄が、一、二ミリ伸びるような気がする。ちびちびなめる位なら、栓抜くな。喉をぶっとくして、食道を圧し広げて、ぐびっぐびっと送り込めば、身も心も仰のいて大の字だ。

年に数度の、極楽の門番になる日は、誰にも文句を言わせない。大の字ビールだ。

今日は、まっすぐ帰る日です

まッつぐ帰る。最短コース一目散。階段ダッシュ、飛び乗れ急行。街の喧噪掻き分けて、ひたすら御帰宅まっしぐら。

ふう。ドア前でひと呼吸置く。ウチの表札、ニッコリ見上げ、鍵カチャリ。

「ただいまぁーッっ！」

自分の声が、ウチの一番奥の壁へ、ブチ当たって炸裂する。途端、ウチの隅々まで、ワタシの息が吹ッ込まれ、ウチ全体がワタシで一杯になる。帰ったぞ。まず、暖房ON。

着替え、髪キュと束ね、うがい、洗顔。

腕まくりで、米を研ぐ。唄うように、シャッシャッシャ。炊飯器スタンバイOK。

お疲れさん、ワタシ。

今日は、オウチでゴチソウだ。ゴチソウったって、珍味逸品に非ず。普段は、健康管理も仕事の内とて、緑黄色野菜やら青魚、一応、カラダに気兼ねのフリすれど、ゴチソウの日は、ワタシし放題解禁の日。

炊き立て御飯に、塩昆布。静かな部屋で、居住まい正し、端座して、黙々と食う。

これが、ワタシとっときの、「ウチゴチの日」。

うれしいことば

キライと言うほど、積極的ではないが、少しくニガテなことばがある。がんばって。頑なぞ張って、どうなるものか。不精だから、くもの巣は張っても文句は言わないが、頑には張られたくない。もともとは「我に張る」、ガニバルの転化で、わがままをどこまでも押し通す、と言うようなニュアンスがある。頑張るの頑も、頑固頑迷の頑で、それを張ってしまうのだから、かたくなに意地をつらぬく、強硬な姿勢が浮かぶ。人から、がんばって、と励まされるたびに、がんばらなくてはならない時もあるだろうけれど、がんばらなくてもすむ時の方が、しあわせだなあと思ってしまう。

いっしょうけんめい。これも、もとは「一所懸命」で、そのむかし武士が、ただ一箇所の領地を死守して生活のたよりとしたことに発することばだ。餌をとられまいと、鼻にシワを寄せて、唸る犬のようで、ギスギスと浅ましい。今は転じて、「一生懸命」と使われることが多いが、これとて、一生の間、力の限りを尽くして努力するさまだから、なお気が滅入る。

ますます。ますます良いお仕事を、と言われても、人間、照る日曇る日嵐の日がある。昨日より今日、今日より明日、なんて、しんどい。つねに前向きに一歩でも余計に、山をひたすら登るのが、人の生なのだろうか。寄り道したり、後戻りしたり、しゃがんだり、呆然と立ち尽くしたり、走ったり、歩いたり、スキップしたり、寝転んだり、そうして、生きていたい。だいいち、良い仕事をして誉められようが、悪い仕事をして落ちぶれようが、すべてを請け負うのは当人でしかないのだから、はやい話が他人の人生、知ったこっちゃないじゃないか。なんとも無責任な励ましに聞こえる。

こんなのは、しょせん、あまのじゃくな屁理屈に過ぎないのは解っているが、これらに出会うたび、芯のある飯を食ったように、もそもそと、気持ちが釈然としない。要するに激励されればされるほど、どっと意気消沈してしまう、ひねくれものなのだ。

エール拒絶症の自分にも、繰り返し反芻する、うれしいことばはある。「蓮根は穴がウマイ」。なんのことやら。大根のスは嫌われる。大根は、固く締まって重たいのが良いに決まっている。ところが、蓮根の場合は、穴があってこそ蓮根だ。蓮根が大根のように、みっちりしていたら、ウマクもなんともないだろう。人生も亦しかり。頭から尻尾まで、みっちり充実して詰まっていればこそ、を信条とする人もあれば、ハエがくぐれるくらいの隙間があってこそ、ちょうどいいのだ、とうそぶく人もある、と言うことらしい。大根か蓮根かは、その人の選択によるだろう。が、蓮根が大根にコンプレックスを持つ必要はないのであって、どちらにも、それなりの味わいがあるのだ。この、「蓮根穴ウマ説」は、日々を頼りなく、ふわふわ生きている自分には、非常に好都合で、心強いことばとなっている。いっぱしの蓮根のつもりが、スだらけの大根だった、では目も当てられないから、ますます、がんばらず、いっしょうけんめいにならず、蓮根の味に責任を持たなくてはならない。

それから、本を読んでくれた人からいただく、一番うれしいことばもひとつ。「なんだかいいね」。すごく良かった、ではなくて、どこがどうってわけではないけれど、なんとなく心に残った、と言われると、しみじみとうれしい。みぞおちのあたりが、ぽうっと暖かくなる。いつも、なんだかいいね、を頭に描いて、仕事に取り掛かる。大人を驚かせたり、感心させたりするのは、ますますいっしょうけんめいがんばる、大根の人の仕事なのだろう。世の中、みんながみんな、パワー全開で疾走したら、けたたましくてかなわない。ちんたら走るやつ、かっとんで行くやつ、それぞれが、自分の距離を、自分の速度で完走すれば良いのだろうと、蓮根は思う。

七五三

引っ掛かる抽斗(ひきだし)を、ぐいと引く途端、たくさんの紙片がばらばら下の段に溢れ落ちた。貰った名刺の束だ。

今年になって三分の一が過ぎたが、こんなにいろんな人と出会ったんだなあ。紙の上の文字を見ても、いつ会った、どんな人なのか、さっぱり覚えていない。子供の頃からそうだ。もし、事件の現場に居合わせるような事になって「犯人は何色の上着で、帽子はかぶっていましたか」とか刑事に聞かれても、絶対答えられないから、コイツ一味で庇っているんじゃないかと、あらぬ疑いをかけられたらどうしよう、と本気で心配している。

パーティが嫌いだ。人垣を縫って、向こうからにこにこした人が近付いて来ると逃げ出したくなる。見た事ある気がするが、それが実際会ったのか、テレビや雑誌で一方的に知っているのか分からない。相手が目の前に来たら、にこにこほほえみ返して、ただ一言「どーもー」と会釈するしか術がない。「どーもー、いつぞやは」とも「どーもー、初めまして」とも言えない。

名刺の束は「どーもー」の苦笑いの束だ。

こんな健忘症も「七五三の極意」の伝で、能天気にやり過ごしている。「七五三の極意」とは、聞くも大層らしいが、何の事はない。怠け者の免罪符である。

「七五三」、それは「七食五楽三会」だ。例えば大晦日に、その一年の来し方を振り返った時、七つのウマカッタ物、五つの楽しかった日、三人の出会いを思い出せたなら、まずまずこの一年、上等の幸せではないかと認定するものだ。これは、自らの考案のように思い込んでいるが、どこかで仕入れたものかも知れず、私訓とは断言出来ないが、すっかり馴染んで自身に定着している。

七食と言っても、七回の豪華な食事ではなく、お土産の饅頭や、横町の蕎麦や、旅の駅弁のウマカッタで良し、五楽にしても、髪形を誉められた日や、良い映画を見た日なんてので良し、三会は、目を閉じても浮かぶ顔であれば良い。

至極簡単そうだが、年期の入った出無精人見知り、かつ、度を越した健忘症の自分には、結構タイヘンだ。

そして、「七五三」はあくまで目標達成を奨励するノルマではなく、指を折りながらの幸せの反芻。照る日曇る日どうにかこうにか生きてきた自分へのねぎらいとなっている所がミソなのだ。

年を重ねる事を楽しもう

新成人、おめでとうございます。天下晴れての大人時間へのスタートです。まだまだ名残惜しいような子供時間が、すぐ足元にあるのですが、人と生まれて、大人となる事が、最良の祝福なのです。

これからは、自分の意志で、自分の暮らしを、自らの手で、創造して行けるのです。自分の人生のオーナーになったのです。人生の免許皆伝です。頭髪から、つま先まで、全部があなたの意のままになる、かけがえのない財産です。おめでとうございます。

「大人になんかなりたくない」と叫んだピーターパンは大バカヤローです。

これからの、日々は、未踏地への一歩一歩のように、足跡が残って行く、実に、手ごたえのある歳月です。そりゃあ、足跡の毎日が、いい事ばかりじゃありません。たった一日の楽しい日の為に、三十日の、どうってことない、くそおもしろくもない日々があるのが、常でしょう。大切なのは、その幸せな、珠玉の一日が、自分にとって、かけがえのない輝きを持っている、と言う事なのです。掃いて捨てる程の、ありきたりの日々の中にある、その輝く一日は、金鉱石の中の純金です。くすんで見える大量の鉱石を、まるごと享受しなければ、そこに潜む輝きをも、得る事は出来ないでしょう。

明日が、もっと良い日でありますように、と、祈ったのは、毎日背が伸びた、子供の頃の事です。目の高さの定まった大人は、重ねゆく年月を、一身に受けとめながら、退屈の中にも、生きている実感を、平凡な暮らしにも、穏やかな幸せを、見付け出せるようになれる筈です。より良い生活条件、高い地位と財産を得る為、眉間に皺を寄せて辛抱する、ハングリーな生き方が称賛された時代も、かつて、ありました。けれど、この世紀末に、成人を迎える、あなた方には、ぜひとも、より心豊かな人生を、歩んで戴きたいと心から願っています。

肩の力を抜いて、気負わず、ゆっくり呼吸を整えて、身の回りを見て下さい。がむしゃらなだけが人生ではありません。仕事中毒のお父さんが、定年後、濡れ落ち葉となってしまった。家庭第一のお母さんが、子供に巣立たれた後、虚脱感にさいなまれアイデンティティーを見失ってしまった。そんな、せつない姿を、これまで私達は、たくさん見て来たではありませんか。まずは、深呼吸です。

夢と希望を失わず、自らの人生を、暖かく育んで下さい。バブルだトレンドだと、かまびすしい、浮世の扇動に心乱される事なく、いつも忘れず、内なる微かな声に、耳を傾けてあげて下さい。時間は無限ではないのですから、立ち止まっているよりは、なにかしら、やって行く他ありません。ほんとうに望むもの、ほんとうに願うことを探して、自分の力で、自分に出来る事を、自分の時間を使って、そうして、やって行きましょう。じっとしていると、足元からズブズブと沈んでしまうような気がします。他人を羨んだ所で、他人になれる訳じゃなし、自分を愛してあげなくって、誰が自分以上に自分を分かってくれるでしょう。不満足でも何でも、後ろを振り向くよりは良いのですから、とりあえず、前を見つめて歩きましょう。

始めは、何にも実感出来ないかも知れません。やれ二十歳だ、新成人だと言われた所で、風景や自分自身が、一朝一夕に変わる訳ではありません。急に、「大人」になんかなれっこありません。これから、一生をかけて、大人になって行けば良いのですから。まずは「大人のようなもの」として、仮免許運転で、慎重に行きましょう。基本は、少しずつ、あせらず、マイペースでやって行く事です。そうする内、だんだん、形が見えて来ます。三年で方向が定まって来るでしょう。五年で楽しみが分かって来るでしょう。十年で、たぶん、等身大の素直な自分と向き合えるでしょう。そうなれば、二人力、二倍強くなれます。そして、自分に正直に過ごしていれば、あなたの一挙手一投足にエールを贈ってくれる人に、遠からず、必ず巡り会えます。さあ、踏みしめる一歩一歩に、大人の旅立ちを感じて下さい。ほんとうのお楽しみは、これからの時間の中にこそあります。

呑々日記

一九八五年×月×日（晴れ）

私は無精だそうだ。自分では馴染んでいて何でもないが、来訪者に言わせれば「空巣後の部屋」なのだそうだ。この部屋は、マンション（アパートか）の一階で、ちっさい庭なんかも付いている。これが親の部屋（別棟の三階）から丸見えで、私の庭が安達ケ原のようだと言う。けれど、昼夜かまわず虫が鳴くのはその為で、それは気に入っていたのだが、ある日、母が抜き打ちで雑草刈りを執行してしまった。きっと虫は踏み散らされてしまったかと思ったが、その夜、か細くコロコロリーンと鳴いていて、

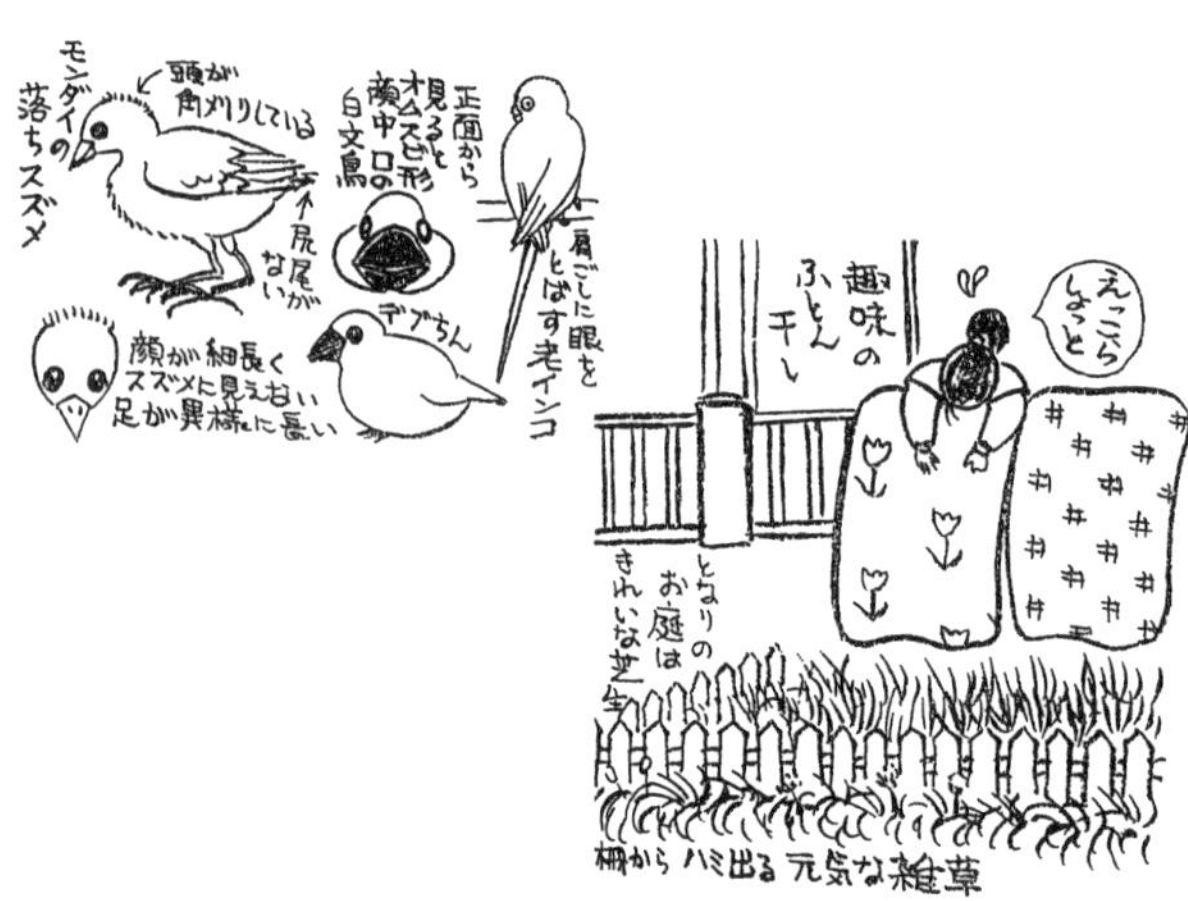

安心した。

　ところで、今鳥を三羽飼っている。一羽は父がヒナの時イセタンから買ったインコで、一羽は昼寝をしていたら勝手に押しかけて来た白文鳥で、一羽は落っこちてひからびかけていたスズメのヒナである。うち、スズメは一番新参で、落ちるだけあって変な奴だ。キョロンキョロンと鳴く。顔も尖っていて、脳みその入る余地がない。毎日、ミールワームという稲の害虫を四匹ずつと、配合飼料、青菜をモリモリ食べるが、ちっとも太らない。見るからに不味（まず）そうなスズメである。

二〇××年×月×日（晴れ）

　先のことを考えるのは苦手だ。今晩どうしようか程度で、それより先は、その

時次第。過ぎたことも覚えていられず、三日前のことは知らんというのがジマンだ。仕事を受ける時も「必ず催促して下さい」が条件で、そうして責任を半分押し付けてしまう。そうじゃないと当日「できてますか？」「エッ、何枚でしたか？」という事態がマジに起こる。ヒドイ話だ。皆さんお世話おかけします。

　ところで、私達の仲間でも、一発成功すると「白亜の豪邸」なるものを建てる人がいるが、私は「渋皮の平家」に住むのが夢だ。部屋数は少く、家財道具は少く、ふすまを取っ払うと、でーっと広くなるようなつづき座敷がいいな。一間幅の板張り廊下（南面、庭向き）がゼータクのしどころ。ここで旦那が腕立て伏せをしたり、私が昼寝をしたり、子供がプ

ロレスをしたりする。毎年暮に、しょうじ、ふすま、青畳を替えるのが、またゼータク。雑種犬なんかも飼う。夏は蚊帳を吊り、冬は掘ごたつだ。夢だなあと思う。

年寄って無用の人になったら、無用の長物を次々とこさえて前衛なんぞをしてみたい。

江戸「風流」絵巻

私は隠居の実践十年ですから、もうけっこう板についてきましてね。毎日毎日、怠けて暮らしてます。それでいて、蕎麦屋にだけは、週に五回は行きますね（笑）。自分のペースでしか仕事してないので、年々貧乏にはなるんですけど、とっても楽です。欲しがらなければ、収入が減っても苦しいことってないんですよ。

私たちは、去年の年収よりも今年の年収がアップしてないと劣等感に苛まれますけれども、江戸は二百年前の年収と同じでも普通に暮らせる世界です。右肩上がりの思想はないんですね。社会全体が、低生産、低消費、長期安定です。モノはとことん使い果たす。リサイクルしまくるという社会ですから。モノの単価も高いんですよ。いまの感覚で言うと、ゼロを二つ足したぐらいの感じ。極端なはなし、ちょっとした煙草入れだったら何百万円、手拭い一本でも数万円という感覚です。着物は一生もので、百年先にも着られます。いまのブランドブームとはケタが違っているんです。

道楽をするには相当の覚悟がいりますね。江戸の趣味と道楽は百八十度違うんです。川柳、俳諧などの趣味は、お金がなくてもできますし、宗匠（そうしょう）になるなどして実益に結びつく可能性もあります。道楽はひたすら消耗するだけ。お金を使って極めるのが道楽なんです。

　最も代表的な道楽が吉原です。吉原の廓（くるわ）は、お金持ちの迎賓館的な使われ方をしていましたから、庶民は一生に一度も行けない人が多かったでしょう。せいぜい河岸（かし）で遊ぶくらいです。河岸というのは、大門の中の東と西に並んでいる値段の安い娼家（しょうか）です。一流の廓で働いていた遊女が、定年になったけれども堅気の生活ができないから、もうひと稼ぎしたいってときに、河岸落ちするんですね。品川、新宿、板橋、千住という四宿（ししゅく）もあったし、深川もあった。あと、町内各所に私娼がいっぱいいるんです。〝蹴転（けころ）〟とか〝ねこ〟とか言いましてね。〝ねこ〟は芸者がアルバイトとしてやるんです。

　吉原を頂点にした男性の遊び場が、これだけたくさんあったのは、江戸は男性が圧倒的に多かったからです。長屋の住人の八割は男性ですからね。十軒長屋でしたら、そのうち二軒にしかおかみさんがいません。あとの八軒は単身ですから、大工さんや左官屋さんなどのいわゆる出職（でしょく）は、昼間家を空けるのに戦々兢々なんです。浮気されるんじゃないかって。周りがオオカミだらけですからね。ですから、焼き餅焼きの亭主は、下駄作りとかの居職に職替えする。家に居て仕事できますからね。

女性は、自由なんですよ。三年以内に、半数の女性が離婚しているんですから。嫌な男と一緒にいるよりは、離縁して次の男とくっつく。ベンチウォーマーがいっぱいいるんですからね。二十年もつ夫婦は四組に一組だったそうです。一回夫婦喧嘩したら、もうそれでお終いですから。

で、男性の方は離縁になりますと〝去られ男〟というレッテルを貼られて、次に再婚するのは非常に難しいんです。女性の方は逆に、ぜんぜん傷にならずに、前の旦那で苦労したから、今度は大丈夫だろうという高評価になります。

庶民の家計費の負担も、いまと違って面白いんです。女性は専業主婦はほとんどいなくて、なにがしかの職業を持っています。男社会の江戸だから、家事の代行業だって成り立つ。買い物をしてあげたり、一人分のお総菜を作ってあげたりとかでけっこうお金になるんですね。そういうコンスタントな仕事を持っている嬶の方が収入が多かったりする。だから、亭主は、食費だけを受け持っていた。嬶は医療費、着物、場合によっては家賃まで受け持つ。たくましいんですね。一方の亭主の方は、食費以外に稼いだ分は飲む、打つ、買うの何に使おうと自由だったんです。その代わり、嬶や子供の口からひと言でも「ひもじい」と言われたらもう離縁ですね。亭主の資格がありません。

江戸も後期になりますと、庶民の女性は、結婚の条件としてあらかじめ三行半(みくだりはん)をもらっておくんです。三行半は離縁状というよりは、再婚許可証ですから、それさえ持っていれば、次の男といつでも新所帯(あらじょたい)が持てる。恋愛は、いまよりもむしろ自由だったんですね。眉間に皺が出るようなら、周囲が離縁を勧めるんですよ。

人との付き合いは、遊びが何より優先します。「仕事には手を抜いても遊びには手を抜くな」という言葉があるんですね。仕事で手を抜いた場合は、それ以後の仕事で挽回できる。遊びに手を抜いて、俺はちょっと用があるからって中座が続くと、仲間から、あいつはつまんねえから次から誘うのよそうぜと言われちゃう。その友情を挽回するにはすごい年月と手間がかかるんです。だから何をさしおいても、友達の誘いは断らない。「酔った上での約束は守れ」っていう付き合いの鉄則もありました。素面(しらふ)のときは、何か腹に一物ある約束かもしれない。ところが酔ったときは本心から言ってるんだから、そのときの約束は守らなければいけないというわけです。

女性にだって、遊山(ゆさん)という友達付き合いの遊びがあった。江戸には花の名所がたくさんあって、その情報誌まで出ていたんです。名所のそばにはグルメな店があって、それが楽しみで、友達と連れだって日帰りで遊びに行く。亭主は梅干し弁当で、自分はリッチなランチ。いまとよく似てますね。

江戸八百八町(はっぴゃくやちょう)といいますが、町内の役割も大きかった。育児と老人の介護は、町内の責任です。町内に寝たきりの老人がいて世話されてなかったり、痩せこけた子供がいたりすると町の恥です。隣町から誹られる。だから、みんなで補助するんです。うちの町が八百八町で一番良いんだというのが町人の誇りですから、誰からも後ろ指さされたくない。それでなくても、お年寄りはみんなから尊敬されていました。八十歳のお年寄りは、八十年分の技術や経験があるから、町の図書館みたいな存在です。町内の者が何でも聞きに行くんですね。火事にでもなれば、まっ先にその老人を背負って避難する。町の財産ですから「燃しちゃいけねえ」と（笑）。横町のご隠居さんというのも、だから尊敬されたわけですね。

江戸は何事もスピードが緩やかで、余裕があった。実働時間も少ないんです。ケースバイケースですが、マイペースが基本です。今日できる事は明日もできる。残業は段取りが悪い恥でした。また夏の一番暑い時期には、借金して一カ月休んじゃうんです。秋に涼しくなってから挽回すればいいやってことでね。時間の単位でも、一番短い単位は小半時ですけど、それで三十分。待ち合わせをするのに、暮六つにと約束すると、二時間の幅があるんですから。相手がなかなか来なけりゃあ、蕎麦屋に入って酒を飲む。昔の蕎麦屋はイギリスのパブのような存在で、食事で蕎麦屋に入るのは野暮だった。遊び食いなんですね。

私のような隠居はともかく（笑）、普通の人が毎日を江戸のペースやスタイルにしたいと思っても無理でしょう。それにしても、週に二日くらいは、江戸的な暮らしをしてもいいんじゃないかと思いますね。朝起きた時に、おいしいものが食べたいと思ったら、食べればいいし、朝から飲むぞと思ったら、飲めばいいんです。あくまで自分に正直に、その日の気分で生きるのが江戸らしい生き方ですね。

（構成＝桶谷仁志）

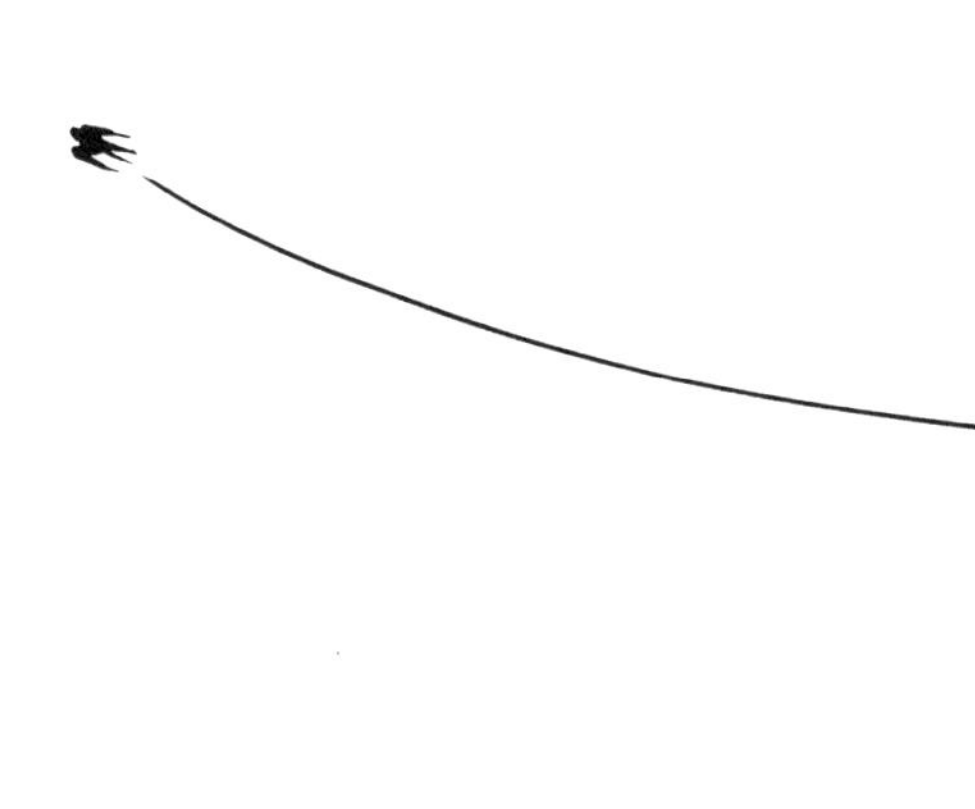

出典／初出一覧

●『江戸へおかえりなさいませ』（河出書房新社、2016年5月刊）より
ポキポキ「歴史読本」1985.5／『なんとなく好きな話』と『なんとなく好きな日常』「季刊コミックアゲイン」1984.11秋季号／江戸のカカア天下「アンシャンテ」1995春／屁の突っ張りにもならぬアンニュイ考「すばる」1987.3／"本物"を味わう極上の愉しみ「will」1991.5／日本橋『新東海道物語』日本経済新聞社、2002.4／一夜明ければ「朝日新聞」1989.1.3／王子と乞食「季刊でんぱつ」1989.10／ええじゃないかよりなんとなく 同 1991.1／長屋のアーバン・ライフ 同 1991.7／平成の巣「建設統計月報」1989.9／改革という弾圧「季刊でんぱつ」1993.4／江戸の三大改革 同 1995.7／二一世紀というホログラム 同 1996.4／日本人のスピリット「文藝春秋」2002.3〜5／小町盛衰記「旅」1984.1／写楽の時代 劇団青年座 第101回公演「写楽考」パンフレット1989／宮武外骨「読売新聞」1998.5.9／大いなる稚気『宮武外骨「滑稽新聞」4』筑摩書房、1985.9／自分風土記「花椿」1989.2／さのみ恨めしくもなし「波」1988.8／いつも一緒のステレオ「ステ子」「芸術新潮」1986.5／浅草寺、仲見世辺り。「東京人」1995.2／クロや「コンセンサス」1992.3／なんかおいしいもの「NEXT」1989.4／大の字ビール「サントリークォータリー」1992.12／うれしいことば「DENPO」1994／七五三「コンセンサス」1992.6／呑々日記「別冊小説現代WINTER」1985.12
初出不明——格子／渦巻／化物繁盛記／ニッポンの世紀末／源内先生じたばたす／江戸の本／ラスト・ワルツから逃れて／かどやのあんぱん／今日は、まっすぐ帰る日です／年を重ねる事を楽しもう

●『文藝別冊　杉浦日向子〈増補新版〉』（河出書房新社、2018年9月刊）より
旅ふたたび「週刊文春」1989.10.5／江戸のくらしとみち「道路と自然」1997.4／江戸時代は外国のようで新しい感じがするんです『スピーチバルーン・パレード』河出書房新社、1988.9／散歩礼讃（初出不明）／東京自慢（同）／びいどろ娘（同）／あなたも「そば屋」デビュー「婦人公論」1998.7／江戸「風流」絵巻「日経マスターズ」2003.10

カバー・本文カット©杉浦日向子・MS.HS／編集協力　大西香織

江戸へおかえりなさいませ

二〇二二年八月一〇日　初版印刷
二〇二二年八月二〇日　初版発行

著　者　杉浦日向子
発行者　小野寺優
発行所　株式会社河出書房新社
〒一五一-〇〇五一
東京都渋谷区千駄ヶ谷二-三二-二
電話〇三-三四〇四-八六一一（編集）
〇三-三四〇四-一二〇一（営業）
https://www.kawade.co.jp/

ロゴ・表紙デザイン　粟津潔
本文フォーマット　佐々木暁
本文組版　有限会社マーリンクレイン
印刷・製本　凸版印刷株式会社

Printed in Japan　ISBN978-4-309-41914-5

吉原という異界

塩見鮮一郎　41410-2

不夜城「吉原」遊廓の成立・変遷・実態をつぶさに研究した、画期的な書。非人頭の屋敷の横、江戸の片隅に囲われたアジールの歴史と民俗。徳川幕府の裏面史。著者の代表傑作。

江戸の牢屋

中嶋繁雄　41720-2

江戸時代の牢屋敷の実態をつぶさに綴る。囚獄以下、牢の同心、老名主以下の囚人組織、刑罰、脱獄、流刑、解き放ち、かね次第のツル、甦生施設の人足寄場などなど、牢屋敷に関する情報満載。

江戸の都市伝説　怪談奇談集

志村有弘〔編〕　41015-9

あ、あのこわい話はこれだったのか、という発見に満ちた、江戸の不思議な都市伝説を収集した決定版。ハーンの題材になった「茶碗の中の顔」、各地に分布する飴買い女の幽霊、「池袋の女」など。

民俗のふるさと

宮本常一　41138-5

日本人の魂を形成した、村と町。それらの関係、成り立ちと変貌を、ていねいなフィールド調査から克明に描く。失われた故郷を求めて結実する、宮本民俗学の最高傑作。

生きていく民俗　生業の推移

宮本常一　41163-7

人間と職業との関わりは、現代に到るまでどういうふうに移り変わってきたか。人が働き、暮らし、生きていく姿を徹底したフィールド調査の中で追った、民俗学決定版。

日本人のくらしと文化

宮本常一　41240-5

旅する民俗学者が語り遺した初めての講演集。失われた日本人の懐かしい生活と知恵を求めて。「生活の伝統」「民族と宗教」「離島の生活と文化」ほか計六篇。

禁忌習俗事典

柳田国男　41804-9

「忌む」とはどういう感情か。ここに死穢と差別の根原がある。日本各地からタブーに関する不気味な言葉、恐ろしい言葉、不思議な言葉、奇妙な言葉を集め、解説した読める民俗事典。全集未収録。

葬送習俗事典

柳田国男　41823-0

『禁忌習俗事典』の姉妹篇となる１冊。埋葬地から帰るときはあとを振り返ってはいけない、死家と飲食の火を共有してはいけないなど、全国各地に伝わる風習を克明に網羅。全集未収録。葬儀関係者に必携。

知っておきたい　名字と家紋

武光誠　41782-0

鈴木は「すすき」？　佐藤・加藤・伊藤の系譜は同じ？……約29万種類もある日本の名字の発生と系譜、家紋の由来と種類、その系統ごとの広がりなど、ご先祖につながる名字と家紋の歴史が的確にわかる！

画狂人北斎

瀬木慎一　41749-3

北斎生誕260年、映画化も。北斎の一生と画風の変遷を知る最良の一冊。古典的名著。謎の多い初期や、晩年の考察もていねいに。

伊能忠敬　日本を測量した男

童門冬二　41277-1

緯度一度の正確な長さを知りたい。55歳、すでに家督を譲った隠居後に、奥州・蝦夷地への測量の旅に向かう。艱難辛苦にも屈せず、初めて日本の正確な地図を作成した晩熟の男の生涯を描く歴史小説。

安政三天狗

山本周五郎　41643-4

時は幕末。ある長州藩士は師・吉田松陰の密命を帯びて陸奥に旅発った。当地での尊皇攘夷運動を組織する中で、また別の重要な目的が！　時代伝奇長篇、初の文庫化。

いつも夢をみていた

石井好子　41764-6

没後10年。華やかなステージや、あたたかな料理エッセイ——しかしその背後には、大変な苦労と悲しみがあった。秘めた恋、多忙な仕事、愛する人の死。現代の女性を勇気づける自叙伝。解説＝川上弘美

貝のうた

沢村貞子　41281-8

屈指の名脇役で、名エッセイストでもあった「おていちゃん」の代表作。戦時下の弾圧、演劇組織の抑圧の中で、いかに役者の道を歩んだか、苦難と巧まざるユーモア、そして誠実。待望久しい復刊。

私の部屋のポプリ

熊井明子　41128-6

多くの女性に読みつがれてきた、伝説のエッセイ待望の文庫化！　夢見ることを忘れないで……と語りかける著者のまなざしは優しい。

その日の墨

篠田桃紅　41335-8

筆との出会い、墨との出会い。戦争中の疎開先での暮らしから、戦後の療養生活を経て、墨から始めて国際的抽象美術家に至る、代表作となった半生の記。

人生作法入門

山口瞳　41110-1

「人生の達人」による、大人になるための体験的人生読本。品性を大切にしっかり背筋を伸ばして生きていきたいあなたに。生き方の様々なヒントに満ちたエッセイ集。

アァルトの椅子と小さな家

堀井和子　41241-2

コルビュジェの家を訪ねてスイスへ。暮らしに溶け込むデザインを探して北欧へ。家庭的な味と雰囲気を求めてフランス田舎町へ——イラスト、写真も手がける人気の著者の、旅のスタイルが満載！

昭和を生きて来た

山田太一　41442-3

平成の今、日本は「がらり」と変ってしまうのではないか？　そのような恐れも胸に、昭和の日本や家族を振りかえる。戦争の記憶を失わない世代にして未来志向者である名脚本家の名エッセイ。

まいまいつぶろ

高峰秀子　41361-7

松竹蒲田に子役で入社、オカッパ頭で男役もこなした将来の名優は、何を思い役者人生を送ったか。生涯の傑作「浮雲」に到る、心の内を綴る半生記。

巴里ひとりある記

高峰秀子　41376-1

1951年、27歳、高峰秀子は突然パリに旅立った。女優から解放され、パリでひとり暮らし、自己を見つめる、エッセイスト誕生を告げる第一作の初文庫化。

人生の収穫

曾野綾子　41369-3

老いてこそ、人生は輝く。自分流に不器用に生き、失敗を楽しむ才覚を身につけ、老年だからこそ冒険し、どんなことでも面白がる。世間の常識にとらわれない独創的な老後の生き方！ベストセラー遂に文庫化。

人生の原則

曾野綾子　41436-2

人間は平等ではない。運命も公平ではない。だから人生はおもしろい。世間の常識にとらわれず、「自分は自分」として生き、独自の道を見極めてこそ日々は輝く。生き方の基本を記す38篇、待望の文庫化！

人生という旅

小檜山博　41219-1

極寒極貧の北の原野に生れ育ち、苦悩と挫折にまみれた青春時代。見果てぬ夢に、くじけそうな心を支えてくれたのは、いつも人の優しさだった。この世に温もりがある限り、人生は光り輝く。感動のエッセイ！

感じることば

黒川伊保子　41462-1

なぜあの「ことば」が私を癒すのか。どうしてあの「ことば」に傷ついたのか。日本語の音の表情に隠された「意味」ではまとめきれない「情緒」のかたち。その秘密を、科学で切り分け感性でひらくエッセイ。

半自叙伝

古井由吉　41513-0

現代日本文学最高峰の作家は、時代に何を感じ、人の顔に何を読み、そして自身の創作をどう深めてきたのか——。老年と幼年、魂の往復から滲む深遠なる思索。

たしなみについて

白洲正子　41505-5

白洲正子の初期傑作の文庫化。毅然として生きていく上で、現代の老若男女に有益な叡智がさりげなくちりばめられている。身につけておきたい五十七の心がまえ、人生の本質。正子流「生き方のヒント」。

家と庭と犬とねこ

石井桃子　41591-8

季節のうつろい、子ども時代の思い出、牧場での暮らし……偉大な功績を支えた日々のささやかなできごとを活き活きと綴った初の生活随筆集を、再編集し待望の文庫化。新規三篇収録。解説＝小林聡美

みがけば光る

石井桃子　41595-6

変わりゆく日本のこと、言葉、友だち、恋愛観、暮らしのあれこれ……子どもの本の世界に生きた著者が、ひとりの生活者として、本当に豊かな生活とは何かを問いかけてくる。単行本を再編集、新規五篇収録。

お茶をどうぞ　向田邦子対談集

向田邦子　41658-8

素顔に出会う、きらめく言葉の数々——。対談の名手であった向田邦子が黒柳徹子、森繁久彌、阿久悠、池田理代子など豪華ゲストと語り合った傑作対談集。テレビと小説、おしゃれと食いしん坊、男の品定め。